Bruño

PARALELO CERO

Juan Ignacio Luca de Tena, 15
28027 Madrid
www.brunolibros.es

ISBN: 978-84-216-9340-7
Depósito legal: M-28977-2011

PRIMERA EDICIÓN: julio 2004
SEGUNDA EDICIÓN: marzo 2005
TERCERA EDICIÓN: marzo 2006
CUARTA EDICIÓN: junio 2007
QUINTA EDICIÓN: enero 2008
SEXTA EDICIÓN: febrero 2009
SÉPTIMA EDICIÓN: julio 2011

PARALELO CERO

Dirección editorial:
Trini Marull

Diseño:
Emilio Rebull

Cubierta:
Grupo Kunzzo, S. L.

Para Alex,
la lectura del
amanecer.

F. Lalana

12

PARALELO CERO

Amnesia

Fernando
Lalana

¿ALGUNA vez habéis sentido miedo?

No hablo del miedo de las películas de miedo, que eso ni es miedo ni es nada. Hablo del auténtico miedo, ese miedo viscoso como el pegamento Imedio que te paraliza, te agarrota la mandíbula y no te permite respirar; que te deja indefenso y perdido.

No hablo del miedo a los fantasmas, a los vampiros o a los monstruos babosos. Claro que no. Hablo del miedo verdadero.

Puede que creáis haberlo percibido en alguna ocasión. Tal vez en aquella noche espesa y crujiente, leyendo un buen libro de Poe o de Lovecraft sobre la lápida de una tumba solitaria a los pies del mayor ciprés del cementerio, a la luz de unas velas y de la luna llena. ¿Lo recordáis? ¿Es eso? ¿Ahí pensáis que está el miedo? Olvidadlo.

El miedo propio no lo puede inventar otro, sino que siempre está dentro de uno mismo. Ahora lo sé. El horror se esconde en los rincones de nuestra mente, está fabricado con el material de lo desconocido y no se parece a nada de lo que hayáis podido imaginar.

Miedo es lo que siento yo ahora.

Acabo de despertar en la habitación de un hospital.

No sé qué hago aquí. No sé qué me ha ocurrido. No sé qué día es, ni qué hora. Ni qué año.

Y no sé quién soy.

Primera parte: Sin pasado

PASO los primeros cinco minutos atenazado, encasquillado, incapaz de separar las mandíbulas, de pestañear. Aterrorizado. Pero, eso sí, pensando furiosamente.

Mi primera sospecha, inevitable, es que estoy muerto; que esta habitación blanca, por cuya ventana entra la luz como un río directo desde el sol, no es más que eso: la última morada, el lugar al que nos dirigimos cuando el cerebro deja de latir y el corazón deja de pensar.

Sin embargo, creo que antes de dar por certificada mi muerte, debo sopesar otras posibilidades, mientras pueda.

Mis recuerdos se han difuminado, pero eso no significa que tenga la mente vacía. Ni mucho menos. Sé que estoy en un hospital y sé qué es un hospital. Sé qué son una cama y una puerta y que se puede ver lo que hay al otro lado del cristal de una ventana. Recuerdo cómo es el mundo o, al menos, eso creo. Sé qué es un árbol y recuerdo la fórmula de la ecuación de segundo grado; sé que la luna gira en torno a la tierra, y esta, en torno al sol; recuerdo que París es la capital de Francia y que la torre inclinada de Pisa está inclinada.

Aparentemente, solo he olvidado una cosa: he olvidado quién soy y quién he sido. Mantengo mis conocimientos, lo aprendido en la escuela; lo aprendido, quizá, en la universidad. Puede que, incluso, lo aprendido ayer o anteayer. Pero en alguna parte, en algún momento, he extraviado mis propios recuerdos. Mi vida.

Ahora me doy cuenta de que solo somos eso: un puñado de recuerdos. El presente, que a veces confundimos con nuestra vida, no es más que el vértice, el doblez en el que coinciden un futuro que aún no existe y un pasado que ya no es. Y, por eso, si la vida es algo, desde luego no es el presente –ese punto que corre enloquecido por el raíl del tiempo–, sino lo ya vivido, de la misma forma que el océano no es la superficie, sino lo que hay debajo. Si alguien borrase nuestros recuerdos, nos quitaría la vida con más precisión y contundencia que el asesino o el verdugo. Si alguien nos cambiase los recuerdos, nos estaría dando una vida nueva y distinta sin que tuviésemos, seguramente, la oportunidad de darnos cuenta.

Así me siento ahora. Como si me hubiesen robado la vida. Hago un esfuerzo por bucear en mi pasado, pero me quedo sin aire antes de haber atisbado una sola imagen.

Es como soñar que estás soñando que vives una pesadilla de la que no puedes despertar.

Pero tampoco es un sueño. No puede serlo. Los sueños no duelen, y a mí me duele todo, salvo las uñas, quizá. Y a pesar del dolor, puedo mover los brazos y las piernas. Veo, oigo, huelo. Siento. Eso está bien. Es bueno, supongo. Lo único que ocurre es que me duele. A lo mejor, la vida duele siempre y yo lo había olvidado.

Ni siquiera estoy amarrado a un gotero. Podría levantarme de la cama y mirarme en el espejo que veo al lado de aquel sofá de escay y acero cromado que hace las veces de cama para el acompañante. Una cama que, según parece, nadie ha utilizado recientemente.

Podría levantarme, sí. Lo que ocurre es que no sé si quiero hacerlo. Tal vez contemplar mi rostro me devuelva ese pasado que he perdido, pero… ¿y si no es así? ¿Qué me ocurrirá entonces?

El hombre del espejo

El hombre del espejo resulta ser un completo desconocido. Un desconocido que hace muecas y se palpa las mejillas cuando yo se lo ordeno. Un desconocido joven, moreno, de pelo largo y ojos oscuros. Que guarda un lejano parecido con Joaquín Cortés, el bailarín. ¿Cómo es posible? Me acuerdo de Joaquín Cortés y no me acuerdo de mí.

De pronto, sin saber por qué, me invade una fortísima convicción: tengo que salir de aquí. Necesito abandonar este lugar. Tengo que huir a toda costa, a toda prisa. Una voz inexplicable, desde el fondo del pozo en que se ha zambullido mi cerebro, me grita desesperadamente que huya.

Antes, sin embargo, de haber podido tomar determinación alguna, se abre la puerta de la habitación y entra una enfermera de expresión feroz. Feroz por culpa, sobre todo, de unas cejas negras y espesas, como trazadas con carboncillo grueso. Además, parece estar de muy mal genio. Naturalmente, no la conozco de nada. La voz interior que me advertía del peligro calla de inmediato. Quizá para no delatarse.

–¡Eh! ¿Qué haces fuera de la cama? –me dice la mujer de la cofia–. ¡Vamos, vamos, vuelve a acostarte!

–Pero si me encuentro bien…

–Eso se lo cuentas a la doctora –replica ella, mientras me empuja con firmeza hacia el lecho–. Vendrá enseguida.

–Es que quiero irme.

–¡Tú y todos, no te fastidia! ¿O acaso conoces a alguien que no quiera abandonar un hospital? ¡Hasta yo quiero marcharme! Pero tendrás que esperar a que venga la doctora Picabea. Ella te dirá.

–¿Tardará mucho?

–¿No te estoy diciendo que vendrá enseguida? Ha empezado la ronda hace ya rato y pasará por aquí en unos minutos. Mientras tanto, quieto ahí. Tumbado. ¡Ar!

Y se va. Y yo obedezco.

La doctora Picabea, en efecto, llega enseguida. En cinco minutos. Es una mujer rubia, alta, delgada y de mirada fría y siniestra determinada por unos ojos tan claros que parecen estar pidiendo a gritos una operación de cataratas. En una película de nazis podría pasar perfectamente por la ayudante malvada del doctor Mengele. Su sola presencia acrecienta mis deseos de escapar.

–Buenos días –dice, con una sonrisa más postiza que un bisoñé–. ¿Qué tal te encuentras?

Entre la salida de la enfermera y la llegada de la doctora he tenido cinco minutos para tomar decisiones, para preparar mi actuación. Sé que tengo que ir con pies de plomo. La verdad puede ser peligrosa. La mentira siempre es arriesgada.

Necesito ocultar mis debilidades a toda costa. Y mi principal debilidad, por supuesto, es mi ausencia de recuerdos. Desvelarla me dejaría desvalido ante los demás. Indefenso. No puedo permitirlo. Nadie debe saberlo.

–Un poco aturdido, la verdad –le contesto, con cautela.

Necesito información. Saber quién soy, dónde vivo, a qué me dedico, si amo a alguien, si alguien me odia, qué ha sido del resto de mi vida. Cualquier pista es buena para intentar reencontrarme a mí mismo. Necesito urgentemente un pasado.

Picabea consulta sus notas y frunce el ceño. Luego, se encara conmigo.

–¿Sabes lo que te ha ocurrido? ¿Sabes por qué estás aquí?

Eso no es una simple pregunta. Es un examen. Cuidado. Mucho cuidado.

–N... no. La verdad es que no recuerdo... cómo he venido a parar aquí.

La doctora asiente.

–Bueno... Esa amnesia puntual no es preocupante. Al menos, por el momento. Resulta normal después de haber pasado por un trance como el tuyo.

–Un trance... ¿de qué tipo?

La doctora anota algo en sus papeles antes de contestar a mi pregunta.

–Fuiste atropellado por un coche. En Canfranc –dice, como si fuese la cosa más natural del mundo–. Bueno, en realidad, por lo que yo sé, el atropello no llegó a producirse. Lograste esquivar el vehículo en el último momento arrojándote fuera de la carretera. Debiste de caer rodando veinte o treinta metros por un talud hasta la orilla del río Aragón, de donde la Guardia Civil te rescató inconsciente. Luego, te trasladaron aquí.

–¿Aquí? ¿Aquí, dónde?

Picabea alza las cejas.

–¿Nadie te lo ha dicho aún? ¡Qué desastre…! Disculpa. Estás en el hospital de Jaca. Bienvenido.

–Jaca…

–Eso es. Jaca. Ya sabes: la capital del Pirineo, la eterna aspirante a organizar una olimpiada de invierno. ¡Je…! De modo que… no recuerdas nada.

–No. Del… accidente ese, no.

La doctora Picabea toma una nueva nota. Carraspea.

–Ni recuerdas tampoco… cuándo ocurrió.

Siento una punzada en el estómago. El miedo, que había empezado a retroceder, regresa de golpe, como una descarga eléctrica; se abalanza sobre mí.

–¿Cuánto tiempo llevo aquí? –pregunto–. ¿Cuánto tiempo he estado inconsciente?

La médica permanece seria.

–Cerca de…, ¡ejem…!, tres años.

–¿Qué…? ¿Tres años? Pero, pero…

–No veas la factura que te espera cuando te demos el alta, moreno.

–¿Factura? Pero…

La doctora Picabea, de pronto, se echa a reír.

–Tranquilo, hombre, tranquilo –dice, tras una absurda carcajada–. No es más que una broma. Una broma de médicos. En realidad, todo ocurrió ayer, a primera hora de la noche. Llevas ingresado menos de veinticuatro horas.

¿Qué locura es esta? ¿Qué clase de médico es capaz de gastar semejantes bromas a sus pacientes? Empiezo a pensar si este hospital no será más bien un manicomio. La necesidad de huir se me hace más y más evidente a cada segundo.

–Pero sí recuerdas tu nombre –dice Picabea, de improviso. Y se me queda mirando, con su mirada de hielo sucio y altivez a partes iguales.

–Sí, claro. Por supuesto que recuerdo cómo me llamo –contesto, tratando de imprimirle a mi respuesta un aire despreocupado. Pero, al instante, veo que Picabea no traga. No le basta y sigue mirándome en silencio. Tengo que continuar. Disimulo un puntito de fastidio–. Me llamo… Sebastián. Sebastián Valverde.

La respuesta alisa el entrecejo de la doctora.

–¿Dónde vives habitualmente?

–En… Madrid. En la calle General Ricardos. ¿Le basta con eso o quiere que le describa el barrio?

La doctora sonríe. Parece sinceramente aliviada.

–Bien. Eso está muy bien. Ahora puedo decírtelo: temíamos que alguno de los golpes recibidos en la cabeza durante tu caída o la prolongada inmersión en el agua te hubiesen afectado más seriamente. Aquí no disponemos de medios para realizar pruebas complejas, así que tu estado mental presentaba una cierta incógnita. Me alegra ver que, aparentemente, la cabeza te funciona de manera normal. Todo lo normal que le puede funcionar la cabeza a un hombre, quiero decir. Por lo menos, estás consciente y orientado. Que hayas olvidado el momento mismo del accidente, ya te digo, entra dentro de lo normal. Posiblemente, incluso eso acabarás por recordarlo. Por cierto, Sebastián… ¿Tienes familia a la que podamos avisar de que te encuentras aquí?

¡Oh, oh…! Para esa pregunta no tengo respuesta. Pero el interés de Picabea significa que todavía no han encontrado a nadie relacionado conmigo, así que opto por lo más lógico: negar y cambiar de tema de inmediato.

–¿Cuándo podré marcharme, doctora?

–Muy pronto, descuida. Los miembros del equipo médico creemos conveniente que pases aquí, en observación, entre veinticuatro y cuarenta y ocho horas más. Mañana o pasado, si todo va bien, te daremos el alta.

Ni hablar.

–Oh, lo siento, doctora –digo, de la manera más amable que encuentro–. Me temo que no va a poder ser. Lo cierto es que, como usted dice, me encuentro estupendamente y… tengo asuntos importantes que atender. Por supuesto, le firmaré el alta voluntaria, pero necesito irme de aquí lo antes posible.

–Mi consejo es que te quedes al menos un día… –insiste la doctora.

–Ya. Ya lo he oído. Y lo tengo muy en cuenta, desde luego. Pero, a pesar de eso… no puede ser, se lo aseguro. Diga en admisión que preparen los papeles necesarios, por favor. Ahora voy a vestirme. Si me disculpa…

He tratado de aparentar una firmeza que no siento pero que parece dar buenos resultados. Ahora retiro las sábanas y me incorporo en el borde de la cama. Sonrío.

Ante esto, la doctora Picabea se encoge de hombros, chasquea la lengua, murmura una despedida y sale de la habitación.

Curiosamente, al verme solo de nuevo en ese cuarto de hospital, me sobreviene un sollozo imparable que tengo que ahogar con la cara entre las manos. Por suerte, dura poco. Solo lo que tardo en decidir que no puedo rendirme. Aunque no pueda saber qué es, algo dentro de mí me mantiene en estado de alerta. Necesito confiar en mi intuición y desconfiar de todo lo demás. O eso, o estoy perdido. Lo sé.

Por fortuna, entre la visita de la enfermera y la entrada de la doctora Picabea había tenido tiempo de registrar el armario de la habitación y de aprenderme de memoria un nombre: Sebastián Valverde. Un nombre absurdo y que, por supuesto, tengo la total seguridad de no haber escuchado en mi vida; y, sin embargo, debe de tratarse del mío porque es el que figura en el carné de identidad que he encontrado, junto a otros documentos, en una billetera de piel marrón depositada junto a la ropa. Y deduzco que ese carné es mi propio DNI porque en él aparece la foto del desconocido que surge frente a mí cuando me planto ante el espejo.

En el armario hay otras prendas: un polo azul celeste, unos pantalones Dockers de color arena, unos zapatos náuticos beige oscuro y un calzoncillo negro tipo slip. Todo está impecable, como recién salido de la tintorería. Desde luego, ni yo ni nadie ha caído rodando por una ladera hasta el lecho de un río vestido con esa ropa. Y ese es un misterio que no tiene que ver con mi amnesia.

Sea como sea, todo es de mi talla. O, mejor dicho, todo me sienta como un guante.

Por triplicado

Me visto con rapidez. Salgo de la habitación, bajo a la planta principal del hospital, busco el mostrador de admisión y sonrío a la joven secretaria que conversa animadamente con su ordenador. Ella me devuelve la sonrisa.

–Buenos días. Me llamo Sebastián Valverde. Me voy de la habitación trescientos trece. La doctora Picabea me ha dicho que tendría preparados los papeles de mi alta. Es un alta voluntaria.

–Ah, sí, sí… ya está todo listo, señor Valverde. Firme aquí –me dice, colocando unos formularios sobre el mostrador. Es mona. Muy mona, diría yo–. Por triplicado, por favor.

Me tiende un bolígrafo. Entonces caigo en la cuenta de que tampoco recuerdo cómo dibujar mi firma. Tras unos instantes de duda, hago un garabato por triplicado. Mejor dicho, hago tres garabatos distintos porque ni siquiera consigo reproducir de igual modo en cada intento la improvisada rúbrica.

–Ya está.

–Gracias. Ahora, si me permite la tarjeta de su seguro médico…

La tarjeta de mi seguro médico. Bien. A ver cómo salgo de esta. Me llevo las manos a la frente, en un gesto de cansancio, para ganar tiempo. Tiene que tratarse de alguna de las tarjetas que llevo en la billetera marrón, así que la abro de par en par sobre el mostrador y saco al azar uno de los… a ver… doce rectangulitos de plástico cuyos extremos asoman en sus respectivos departamentos. Es una Visa Classic. Fallo. Hago un segundo intento. American Express. Fallo de nuevo.

–La roja y plateada –me susurra entonces la chica, rozando con el dedo una de las situadas en la parte derecha de la cartera.

–Sí, claro… Es que llevo tantas… Ahora se usan tarjetas de plástico para todo.

–Tiene usted razón. No sé qué pasaría en el mundo si, de pronto, desaparecieran las tarjetas.

–Que el progreso daría marcha atrás, volveríamos a la época de las cavernas y, seguramente, todos seríamos mucho más felices.

La chica ríe con mi premonición. A lo mejor resulta que soy un tipo ingenioso.

Ella coge la tarjeta roja y plateada, de la compañía Mapfre, y la desliza con profesional destreza por la ranura de un datáfono de color verde espantoso.

–Conforme –me indica veinte segundos después–. ¿Me firma también el comprobante de la operación, si es tan amable?

–¿Operación? ¿Me han operado de algo?

–No, no... Me refiero a esto. La operación informática. Lo de pasar la tarjeta por el aparato, vaya.

–Ah. Vaya susto que me había dado usted. Ya iba a empezar a buscarme las cicatrices.

La secretaria vuelve a reír y me lanza una mirada incendiaria. En otras circunstancias le habría preguntado cuándo acababa su turno.

Jaca

Ignoro si he estado en Jaca alguna vez. Si lo he hecho, desde luego no lo recuerdo. Cuando salgo del hospital, un sol cegador, de mediodía, me hiere los ojos. Y ni siquiera sé hacia dónde dirigir mis pasos.

–Perdone, por favor, ¿me podría indicar... para ir al centro de la ciudad?

La mujer, gordísima, me mira como si me hubiese vuelto loco.

–Hacia abajo, rapaz –dice, con llamativo acento baturro–. Hacia arriba solo se va a Rapitán.

–¿Y eso qué es?

–¿Rapitán? Un fuerte.

–¿Un fuerte? ¿Como los de las películas de indios?

–Parecido. Lo que ocurre es que ya no hay soldados de verdad. Solo soldados de plomo. Pero no sé si ahora estará abierto.

No sé si estoy teniendo mala suerte o si mis neuronas funcionan todavía peor de lo que imaginaba, pero el mundo que recuerdo era un poquito menos absurdo que este.

–Es igual, señora. No quiero ver soldaditos de plomo. Lo que quiero es tomarme una cerveza bien fría. Hace un calor de muerte.

–Usted lo ha dicho, joven: de muerte.

Ahora veo que la mujer viste de negro. Como las viudas de antaño. Suda y resopla entre cada frase como un cachalote.

–No es habitual tanta calor en estas fechas –reconoce, pasándose un pañuelo blanco por la cara–. Ni en ninguna otra; por lo menos, aquí. En Huesca sí, porque está en una hoya, y no le digo en Zaragoza, que parece un horno y los *gurriones* se asan en los *arboles*. Pero no aquí y, mucho menos, en estas fechas. Fíjese que ayer ni siquiera era verano.

–¿Cómo dice?

–El verano empieza hoy. *Vintiuno* de junio.

–Ah. Sí, cierto. Entonces, me decía que... hacia abajo.

–Hacia abajo, sí.

Efectivamente, el hospital de Jaca está en las afueras de la ciudad, en lo alto, camino del fuerte Rapitán, y desde allí, con solo dejarse caer, con permitir que la fuerza de la gravedad te guíe empujándote por las nalgas, te encaminas, lo quieras o no, hacia el centro de la ciudad.

En Jaca, las distancias son cortas. En muy pocos minutos estoy en la avenida de Francia, la antigua carretera que bordea la ciudad vieja. Sigo bajando por ella. A un lado, la ciudadela, y al otro, la catedral. A un lado, la catedral, y al otro, la ciudadela. No sé por qué, me suena como una jota.

Antes de llegar al parque que se abre frente a la calle Mayor hay un bar con una amplia terraza sobre la que ahora caen trozos de sol. «Pilgrim». En la decoración han utilizado a mansalva viejas traviesas de ferrocarril. Por alguna razón, me gusta el detalle. Entro, buscando la caricia del aire acondicionado. No hay clientes, ni uno solo. Dentro de un mes, imagino que aquí no habrá forma civilizada de conseguir mesa, pero ahora no hay ni un alma. Aún estamos en junio. Veintiuno de junio. Lo ha dicho la mujer vestida de negro, que parecía sincera. Absurda pero sincera.

Le pido a la camarera una cerveza de barril y me siento en la mesa más alejada de la barra, ante una cristalera por la que se ven los glacis de la ciudadela, amarillentos por el bochornazo a destiempo.

Tras el primer trago, saco la billetera de color marrón y comienzo a inspeccionar su contenido. Dejo a un lado el documento de identidad donde sigue figurando el nombre de Sebastián Valverde Noriega.

Luego, voy sacando las tarjetas de plástico, ordenadas en dos filas. Visa Gold de La Caixa, Visa Oro del Banco de Santander, Visa Clásica de Caja Madrid, 4B del Banesto, Servired del BBVA, Euro 6000 de Ibercaja y American Express del Barclays. Caramba. Dinero, no sé si tendré, pero crédito, por lo visto, todo el del mundo. La tarjeta del seguro médico. La de cliente habitual de una cadena de restaurantes rápidos. Otra, de cliente de una juguetería para mayores de Barcelona. Y la de abonado de un aparcamiento público de Madrid. Otra, de una compañía de seguros del automóvil, con un número de teléfono veinticuatro horas. Una tarjeta de Hacienda con el NIF. Lo más curioso, una tarjeta de la compañía Patentes Talgo, S. A. Son los fabricantes de los trenes Talgo. Tal vez yo trabaje para ellos, aunque en este momento no tengo conciencia de saber nada de trenes.

Tras un separador encuentro dinero en efectivo: cuatro billetes de cien, otros cuatro de cincuenta y varios de veinte, diez y cinco, hasta un total de 790 euros. Es mucho dinero para llevarlo encima. O eso creo.

Encuentro también varias tarjetas de visita con el nombre de Sebastián Valverde. Curiosamente, no figura en ellas dirección postal alguna. Solo un número de teléfono móvil y una dirección de correo electrónico.

Y en el último departamento encuentro, doblado en dos, un billete de tren Canfranc-Zaragoza, clase preferente. Para mañana.

–Vamos a Canfranc, por favor.

He subido a un taxi en la plaza del Turismo. Un Mercedes.

La taxista –es joven, morena y parece atractiva, aunque las enormes gafas de sol que luce le ocultan media cara y no podría asegurarlo– ni se inmuta. Arranca el vehículo, salimos a la avenida de Francia y giramos a la derecha, hacia el norte. Hacia Francia.

Sin cruzar palabra, abandonamos Jaca. Pasamos Castiello. Villanúa. Canfranc Quemado. Ya estamos en Los Arañones. Canfranc Estación.

–¿Dónde le dejo?

–Pues… en la estación, por favor.

Canfranc Estación

La antigua Estación Internacional de Canfranc, ya totalmente restaurada, resulta maravillosamente indescriptible. Me planto ante ella, ante lo que fue la entrada principal del lado español, y me siento una pulga. Ya con el primer vistazo sobrecogen sus colosales dimensiones, superiores a las de cualquier gran catedral del mundo. Pero sobre todo, su belleza, que es la del propio edificio combinada con la del espectacular paisaje que lo rodea. Parece imposible que los hombres de principios del siglo XX fueran capaces de levantar semejante coloso y de encajarlo en lo más profundo de un valle ignoto y perdido del Pirineo Central. Resulta un empeño inexplicable. Y un hallazgo inaudito para el turista no avisado. Como tropezarse con un trasatlántico varado en lo más profundo de un océano desaparecido. Un *Titanic* que hubiese aterrizado allí, entre cimas de tres mil metros de altura, tras haber sido transportado en volandas por el más terrible de los tifones.

Ahora, alejado ya el fantasma de su ruina, uno puede volver a imaginar sin esfuerzo sus tiempos de gloria, que fueron intermitentes y nunca muchos ni muy largos. Años de locomotoras de vapor, cuando los grandes expresos internacionales llegaban hasta allí, resoplando por el esfuerzo de trepar hasta los mil doscientos metros sobre el nivel del mar, atestados de viajeros que, a causa del distinto ancho de vía entre España y el resto de Europa, además de realizar en Canfranc los trámites de aduana, debían efectuar transbordo a trenes que les esperaban al otro costado de la estación –el andén francés– para conducirles a su destino final atravesando en primer lugar los Pirineos por el emblemático túnel de casi ocho kilómetros de longitud.

A los franceses nunca les gustó aquel paso fronterizo. Ni aquel ni ninguno de los que les comunican con España, en realidad. Si por ellos fuera, Europa terminaría en los Pirineos. Aún hoy.

Tras dos cierres anteriores –el primero durante la Guerra Civil española y el segundo por el aislamiento al régimen de Franco tras la Segunda Guerra Mundial–, en 1970 llegó el paréntesis más largo, el que parecía definitivo, cuando nuestros vecinos del norte suspendieron el servicio a causa del hundimiento de uno de los puentes del trazado, el de L'Estanguet, en sospechosas circunstancias. Vamos, para mí que lo hundieron ellos aposta, para tener una excusa.

Aunque Renfe mantuvo siempre servicio hasta Canfranc, la monumental estación perdió su carácter internacional y entró en un estado de progresivo deterioro que amenazó con su ruina total. Pero al fin, casi cuarenta años después, tras mil esfuerzos solo apoyados en la inefable cabezonería aragonesa y en el apoyo puntual de sus vecinos de Aquitania, la línea Zaragoza-Pau por Canfranc se reabrió, totalmente renovada y toda ella en ancho internacional. Ya no son necesarios los engorrosos transbordos del andén español al andén francés. Canfranc es ya solo un alto más en el camino. La última parada en territorio español, camino de Francia. La primera en sentido contrario.

La estación y sus alrededores se rehabilitaron. El hotel «Internacional» ha vuelto a acoger huéspedes y se destinaron a museo ferroviario parte de las viejas instalaciones.

Y aquí estoy.

Con mi billete de clase preferente en el bolsillo. Preguntándome por qué sé tanto de esta estación en la que no recuerdo haber estado nunca. Preguntándome qué es lo que me espera en este viaje. Preguntándome si el subir mañana a ese tren me proporcionará algunas respuestas… o todo lo contrario.

Son casi las dos de la tarde, según el enorme reloj de doble esfera que cuelga de la cúpula central del edificio. Mi tren no sale hasta mañana a las once. Tengo, por tanto, veintiuna horas para averiguar por qué Canfranc es mi punto de partida. O por qué ha estado a punto de ser el lugar de mi muerte.

NÚMERO CLAVE

Caigo entonces en la cuenta de que tengo un hambre de lobo estepario. La joven empleada de la oficina municipal de turismo situada frente a la estación me recomienda encarecidamente un restaurante llamado «Universo».

Voy para allá.

De camino, paso ante una oficina de La Caixa. Todavía está abierta.

–Buenos días.

–Hola. ¿Qué desea?

–Pues... verá: no sé qué ocurre con esta tarjeta Visa. No reconoce mi número secreto y no puedo operar con ella en los cajeros automáticos.

La subdirectora de la oficina, Emilia Sánchez según reza el rótulo sobre su mesa, asiente con un amago de sonrisa.

–Veamos cuál es el problema. ¿Me permite su carné de identidad?

Muy profesional, comprueba varias veces la coincidencia entre los datos del documento y los de la tarjeta, además de escudriñar mi rostro con precisión quirúrgica para asegurarse de que mi parecido con la fotografía no es inferior al que puede esperarse de un retrato digital en tamaño carné. Luego, teclea unos datos en su ordenador, imagino que para asegurarse de que la tarjeta no está denunciada como robada o extraviada. Por fin, doña Emilia parece satisfecha.

–No se preocupe, señor Valverde. Este tipo de incidencias son algo relativamente habitual. Ahora mismo le facilito un nuevo número secreto. Luego, ya sabe, puede cambiarlo en el propio cajero por otro que le resulte más fácil de recordar.

Más fácil de recordar, dice. Si ella supiera…

Introduce un formulario en la impresora y, diez segundos después, me lo tiende.

–¿Me firma, por favor?

El nuevo garabato ya guarda un cierto parecido con la firma de la tarjeta. Cuestión de práctica.

–Gracias –dice, mientras me entrega un papelito rectangular, doblado por su centro, con los bordes pegados–. Dentro está su número secreto. Solo tiene que cortar el trepado de los bordes para poder leerlo.

–Vaya… qué emocionante –digo, examinándolo–. Es como las papeletas que se compraban en las viejas tómbolas de la feria. Imagínese que me haya tocado una muñeca pepona…

Emilia me mira, desconcertada. Veo que no siempre puedo ser lo bastante ingenioso. O quizá mi sentido del humor también tenga lagunas.

–Al salir, compruebe en el cajero automático que la tarjeta ya es operativa.

Ante el aparato, pintado de un irritante amarillo, abro mi mensaje secreto. «1313», pone en la papeleta de la rifa. Introduzco la tarjeta por la ranura y marco la clave. Funciona. Estoy a punto de anular la operación. Sin embargo, en el último momento, decido pedir el saldo de la cuenta. Por curiosidad.

La pantallita se apaga durante un par de segundos y, acto seguido, aparece escrita en ella una cantidad absurda. Como una broma de mal gusto. Cancelo la operación y la inicio de nuevo, para asegurarme. Marco 13-13. «Bienvenido a nuestro servicio, Sr. Valverde», me dice el artilugio, como si nos conociésemos de algo. «Últimos movimientos», le respondo, evitando entrar al trapo.

Ahora la pantalla se llena con las operaciones de mi cuenta corriente en los treinta últimos días. Como la broma parece seguir vigente, le pido al aparato que imprima la información en papel.

Cuando otra de las ranuras escupe el documento, lo cojo y lo examino, con el corazón acelerado. Ahora ya no hay duda. Siento que me tiemblan las piernas.

Hasta el pasado día dieciocho yo tenía un saldo razonable, en torno a los diez mil euros. Pero hace dos días, el diecinueve de junio, alguien transfirió a mi cuenta el equivalente a un cuarto de millón de libras esterlinas.

El «Universo»

Mientras despacho en el «Universo» un bacalao ajoarriero y unas costillas de ternasco con vino del Somontano, tengo la sensación de que los demás comensales conocen mi secreto, que todos me vigilan, que me observan a hurtadillas, que han ido a comer allí solo para tenerme bajo control.

Cuando, al llegar el postre, compruebo que todos mis sospechosos han ido abandonando el comedor, me voy tranquilizando, poco a poco. Durante el café, que he pedido solo y sin azúcar por una mera intuición, voy rumiando mis próximos pasos.

Reconozco que mis primeros pensamientos han girado en torno a la tentación de escapar. Con casi cuatrocientos mil euros en el banco, podría estar mañana en la más perdida y paradisíaca isla del mundo disfrutando de una fortuna que me permitiría, sin problemas, vivir el resto de mis días. Pero, claro, eso no puede ser así de fácil. Además, no puedo marcharme acompañado tan solo por mí mismo sin disponer de una buena referencia. ¿Y si resulta que no soy un tipo de fiar? Necesito encontrar a alguien que me diga cómo soy. Mi única pista, por ahora, es ese billete de tren.

Rita

Puesto que he de pasar la noche en Canfranc, supongo que lo más razonable será tomar una habitación en el hotel «Internacional». Además de ser el mejor del pueblo, según me confirma la camarera que me atiende en el «Universo», parece la decisión más lógica en alguien que, al día siguiente, va a tomar un tren. Podría hospedarme en cualquier otro establecimiento del pueblo, claro, pero… por alguna razón intuyo que resultaría un tanto inusual. Absurdo. Y por tanto, sospechoso. Y lo último que deseo ahora es levantar sospechas.

–Además, alojarse en el «Internacional» tiene que ser toda una experiencia –concluye el consejo de la camarera–. ¡Ya me gustaría a mí!

–¿Y eso por qué? –pregunto.

–No sé… tiene que ser como volver al siglo diecinueve. A los tiempos dorados del ferrocarril. A soñar que uno se codea con espías, millonarios, actores de cine y contrabandistas.

–Eso me gusta. Creo que tengo alma de...

–¿De qué?

–De... ferroviario.

La mujer, unos diez años mayor que yo, me descuelga desde sus ojos gris marengo una mirada cinematográfica.

–¡Oh...! Yo habría apostado a que tenías alma de contrabandista.

Soy el último cliente en abandonar esa tarde el «Universo».

Tras valorar las recomendaciones de la camarera, que, por cierto, he sabido que se llama Rita, como la Hayworth, me dirijo al hotel «Internacional» dispuesto a reservar una habitación.

De camino, algo indefinido me obliga a detenerme al borde de la carretera, en un lugar en el que la única acera es el arcén, y la única barandilla que separa al caminante de la caída hasta el río, el guardarraíl. Busco alguna señal que me confirme la intuición de que fue en ese punto, justamente, donde estuve en un tris de perder ayer la vida.

No encuentro nada interesante, pero me propongo volver más tarde.

HOTEL «INTERNACIONAL»

Ya desde el mismísimo umbral, es imposible sustraerse a su encanto. El recuperado hotel «Internacional» de Canfranc resulta rotundamente espectacular, con un vestíbulo que podría ser el decorado de una película de los años dorados de Hollywood. Tal y como decía Rita, la camarera de los ojos grises, tienes la sensación de que en cualquier momento pueden bajar por la escalinata de mármol Fred Astaire y Ginger Rogers interpretando alguno de los números musicales de *Sombrero de copa.*

Tras medio minuto de extasiada contemplación, busco con la mirada el mostrador de recepción. Una mujer de mediana edad, con un uniforme que me recuerda los de los mozos de pista del circo «Price» (qué extraño: recuerdo las funciones del «Price», pero sigo sin acordarme de mí), se apercibe de mi presencia y, al comprobar que me dirijo hacia ella, prepara una sonrisa profesional.

–Buenas tardes –le digo al llegar a su altura.

Y cuando estoy a punto de preguntarle si tienen habitaciones libres, ella se me adelanta.

–Buenas tardes, señor Valverde. Me alegro de que ya se encuentre bien. Cuando nos enteramos del accidente, todos aquí nos quedamos consternados, se lo aseguro. Enriqueta, la gobernanta, incluso quería ir a Jaca a donar sangre, por si era necesario. Ya sabe cuánto le aprecia.

Sonrío, procurando no manifestar mi estupefacción demasiado a las claras.

–Sí, ya sé... muchas gracias... son ustedes... han sido muy... muy amables. Todos. Y todas.

–Veo que no fue mala idea hacerle llegar al hospital una muda completa de ropa. Supimos que la que vestía en el momento del accidente había quedado en muy mal estado.

–¡Ah...! Fueron ustedes, claro. En efecto, fue un estupendo detalle. Muchas gracias... ¡ejem...! Rosana –digo, tras deslizar con disimulo una mirada sobre la etiqueta que la recepcionista luce en la solapa.

–Rosaura, señor Valverde.

–¿Qué? ¡Ah, claro! Rosaura, sí, naturalmente.

–Doña Luisa, la directora, ha llamado hace unos minutos al hospital. Le han informado de que usted ya había sido dado de alta, así que no hemos tocado su habitación. Suponíamos que vendría por aquí de inmediato.

Rosaura sonríe permanentemente. Resulta un poquitín cargante.

–Son ustedes terriblemente... quiero decir: increíblemente eficaces.

–Gracias, señor Valverde. No hacemos más que cumplir con nuestra obligación. Supongo que ahora querrá ir a descansar. Tenga su llave.

–Ah, mi llave. Bien. Gracias.

De reojo, miro el número, grabado en un llavero de bronce con el que se podría descalabrar a un buey de un solo golpe. La 313.

Me vuelvo hacia el centro del grandioso vestíbulo y reanudo mi mirada circular. Antes de terminar mi examen escucho la voz de Rosaura a mi espalda.

–¿Busca algo, don Sebastián?

–No. Bueno... sí: los ascensores.

La empleada del hotel parpadea un par de veces. Luego, señala hacia su izquierda.

–Aquí, a la vuelta. Como siempre.

Habitación 313

En la habitación hay una maleta Samsonite de color rojo. En el armario, un traje de verano, un jersey de cuello en pico, una camisa de manga larga y dos de manga corta, un polo de color azul claro, un par de zapatos, una corbata de rayas, otra lisa y una pajarita, además de la lógica partida de ropa interior, muy clásica, que incluye tres pares de calcetines negros de fibra vegetal...; sobre la mesilla, un ejemplar de *La sombra del viento,* un viejo libro de Ruiz Zafón, con un marcapáginas señalando, casualmente, la 313. En el cuarto de baño, un neceser con gel de afeitar, maquinillas desechables de triple hoja, cepillo de dientes, pasta especial para encías delicadas, colutorio gingival, champú anticaspa, gel dermatológico y desodorante sin alcohol. Por lo visto, no uso colonia ni tampoco fijador.

Aparentemente, no hay nada más. Nada que me dé una buena pista sobre mí mismo. No hay un maletín con documentación, ni una agenda con citas y teléfonos de amigos o clientes. Ni fotos de ningún tipo. Nada.

Me tumbo en la cama, otra vez con el miedo galopando a mi alrededor, y enciendo el televisor. Paso por varias cadenas sin encontrar nada de interés.

De pronto...

De pronto, caigo en la cuenta de que la pequeña caja de caudales empotrada en el tabique que sirve de fondo al armario está cerrada.

Eso significa que se halla en uso. Seguramente guardé algo en ella al llegar al hotel.

Es una caja sin llave. Basta marcar la combinación que se estableció al cerrar la puerta para abrirla de nuevo.

La primera opción es inmediata: 13-13. Pero no sirve, claro. Aunque esta vida mía recién recuperada aparece llena de treces, lo cierto es que ninguno me pertenece. El 1313 de la Visa de la Caixa me lo asignó el ordenador de la oficina bancaria. La habitación, supongo, fue elegida por el propio hotel, en función de sus necesidades. El punto de lectura, imagino, señala la página 313 por pura casualidad.

Por probar, pruebo con el 13-13-13. Y con el 313. Y con el 313-313. Sin resultado.

–Conserjería, dígame.

–Soy Sebastián Valverde, de la trescientos trece. Tengo un problema con la caja fuerte de la habitación. No se abre.

–¿Ha marcado la clave que utilizó y no se abre?

–Eso es. O funciona mal o he olvidado la contraseña. Sea como sea, no hay forma de abrirla. ¿Podría mandar a alguien de mantenimiento? Necesito con urgencia lo que guardé en su interior.

–Enseguida, señor Valverde.

–Listo –dice la empleada de mantenimiento del hotel, que acaba de marcar una clave de veinte números, dejando entornada la puerta de la pequeña caja de caudales–. ¿Necesita alguna otra cosa?

–Nada, muchas gracias –le digo, deslizando en su mano un billete de cinco euros.

–Gracias, señor. Adiós.

Apenas la chica ha salido de mi habitación, abro de par en par la puertecita blindada.

En el interior de la caja hay tres objetos: un pequeño maletín de mano que contiene media docena de herramientas de precisión, incluyendo un *tester* y un soldador de estaño, además de cuatro circuitos electrónicos montados sobre placa impresa; una agenda electrónica y una pistola automática con un cargador de repuesto y veintidós balas primorosamente ordenadas en su cajita.

La madre de Nerón

Dejo en la caja de caudales la pistola y el circuito electrónico y cojo la agenda electrónica. Es una PDA lo bastante sofisticada como para contener toda la información que necesito para recomponer mi vida.

Sin embargo, vuelvo a tropezarme con el mismo problema. Apenas la conecto, me pide una contraseña. Y esta vez no son cuatro cifras, sino un *password* que puede contener hasta treinta letras o números.

Cómo ha cambiado el mundo. Antes, las puertas se abrían ante la mención de los grandes apellidos. Ahora necesitas una contraseña para todo. Y yo no tengo ninguna. Nada. Ni por dónde empezar.

Al azar, tecleo mi supuesto nombre. El aparatito, listísimo, me pregunta: «¿Ha olvidado su contraseña? Haga clic en ? para conocer la sugerencia que usted estableció».

De acuerdo, condenado. Te seguiré el juego. Dame la sugerencia.

«La madre de Nerón era un diablo, pero menos: solo siete sobre diez».

Será asqueroso, el aparatito…

Benemérita

A las seis de la tarde decido acercarme al puesto de la Guardia Civil. Quiero ver si pueden aclararme algo sobre el atropello que me llevó al hospital.

–Fue ayer, aproximadamente a estas horas. El único testimonio que tenemos es el de una mujer que vive justo enfrente de ese lugar y que se asomaba por la ventana de su casa en ese momento.

–¿Dónde ocurrió, exactamente?

La jefa de puesto, una sargenta de apellido Villadoz, se dirige a un plano de la localidad que cuelga enmarcado de una de las paredes del despacho, y señala un punto con el dedo.

–Aquí, exactamente. En esa zona no hay aceras y, por lo que parece, usted caminaba por el arcén derecho, en dirección a Francia. Un coche rojo, pequeño, se le echó encima. Usted logró saltar el guardarraíl que separa la carretera del talud que desciende hasta la orilla del río y cayó hasta el río por la ladera, que en ese punto es casi vertical. Fue la misma testigo la que nos dio aviso y pudimos bajar a rescatarle en pocos minutos.

Mi premonición era correcta. El punto señalado por la jefa de puesto es exactamente el lugar en el que me he detenido al salir del restaurante.

–¿Han localizado el coche?

–Pues... no. Al parecer, ni siquiera se detuvo. La llamada que recibimos solo solicitaba auxilio para usted. Fue casi media hora más tarde cuando logramos establecer la secuencia de los hechos. Para entonces no había rastro del vehículo. Tenga en cuenta que en coche, por el túnel de Somport se puede llegar desde aquí a Francia en diez minutos.

Si piensa que me voy a conformar, va lista.

–El túnel de Somport tiene cámaras de vigilancia permanente, ¿no es cierto?

Villadoz frunce el ceño.

–Sí.

–Podría pedir las cintas de vídeo de esas cámaras y comprobar si, en torno a esa hora, un coche pequeño de color rojo cruzó el túnel en dirección a Francia.

La mujer de verde suspira su fastidio largamente.

–Sí, podría hacerlo, pero... también es posible que el conductor decidiera pasar a Francia por la carretera antigua. Allí no hay vigilancia alguna.

–Es otra posibilidad, desde luego… ¿Sabe? Esta tarde, a primera hora, he pasado por allí, por el lugar del atropello. No he visto marcas de frenazos por ninguna parte. Si alguien está a punto de atropellar a un peatón, lo normal es dar un frenazo, ¿no?

La mujer empieza a mirarme con desconfianza.

–Sí, claro. Pero los coches con ABS no dejan marcas de frenazo. Y hoy en día son ya muchos los equipados con ese dispositivo.

–Entre los modelos pequeños, no tantos. Y hace cuatro o cinco años, prácticamente ninguno. Quiero decir que la mayoría de los coches pequeños y rojos que están en circulación hoy en día no llevan instalado el ABS.

–¿Y…?

–Como usted sabe, hay otra explicación para la ausencia de marcas de frenada: que ese coche no frenase porque no tuviera intención alguna de hacerlo. Es decir: que pretendiera atropellarme deliberadamente.

La suboficial me mira con cara de pocos amigos.

–No voy a iniciar una investigación sin mediar una denuncia, si eso es lo que pretende.

–¿Y si hago la denuncia?

–Entonces sí tendré que hacerla a la fuerza. Usted verá.

–Pues la hago.

–¡Muy bien! –exclama la mujer, dejando claro su fastidio en esas dos palabras–. Iré a por los formularios y la máquina de escribir.

Dejo que la mujer reúna los elementos necesarios para proceder a redactar mi denuncia. Pero cuando se sienta por fin ante su mesa, hago un gesto evasivo.

–Perdone, mi sargenta…

–Sargento. En los grados militares se usa siempre el masculino. No se dice caba, ni sargenta ni tenienta.

–Ah, no lo sabía... Verá, estaba pensando que una denuncia supone para usted trabajo, papeleo... y el inicio de una investigación que, según sus propias palabras, tiene muy pocas posibilidades de terminar con éxito, cosa que tampoco le interesará demasiado, imagino.

–Imagina bien –reconoce la suboficial, tras un breve silencio.

–Por eso me estaba preguntando si... si no podríamos llegar al acuerdo de que usted visione las cintas de seguridad del túnel y, si encuentra algo sospechoso, yo vengo y hago la denuncia. Y si no encuentra nada significativo... lo dejamos correr. ¿Le parece?

Al despedirnos, Villadoz me acompaña hasta la puerta del cuartelillo.

–Hay algo que no le he dicho. Cuando llegamos donde usted estaba, le encontramos inconsciente y con la cara dentro del agua. Los chicos de la Cruz Roja lo reanimaron y volvió usted a respirar. Pero no sé cuánto tiempo pasó su cerebro privado de oxígeno. Prácticamente muerto, para entendernos. Lo digo porque... si nota usted que no le funciona bien la cabeza, ya sabe a qué puede deberse.

–Gracias, sargento. Me encanta la gente con sentido del humor.

Espasa

De regreso al hotel, aprovecho para pasar por la biblioteca municipal y consultar el Espasa. Así me entero de que la madre de Nerón se llamaba Agripina.

De vuelta al hotel tecleo «Agripina».

El ordenador vuelve a responderme «¿Ha olvidado su contraseña?».

–*Merde...!* Pero, claro, no podía ser tan sencillo –murmuro, enlazando las manos tras la nuca.

Las contraseñas más eficaces son mezcla de nombres y números. Si Agripina es el diablo, y el número del diablo, como todo el mundo sabe, es el 666… Vamos a probar:

«Agripina666».

«¿Ha olvidado su contraseña?».

Vaya… ¿Y si ponemos el número delante?

«666agripina».

«¿Ha olvidado su contraseña?».

No hay que ponerse nerviosos. Vamos a ver… Agripina es el diablo, pero menos. Si el diablo es 666, el diablo pero menos puede ser… 66. Probemos.

«Agripina66».

«¿Ha olvidado su contraseña?».

«66agripina».

«¿Ha olvidado su contraseña?».

¡Maldita sea! ¿Cómo es posible que no consiga desentrañar una contraseña inventada por mí mismo?

Pruebo todas las combinaciones anteriores con letras mayúsculas, pero el aparato sigue sin darme entrada.

Por fin, tras casi media hora de pruebas y probatinas, con los nervios como cuerdas de arpa, y tras haberme sentido tentado de arrojar el condenado aparato a la taza del retrete, decido dejarlo por ahora. Ya veremos si logro atisbar la solución más adelante.

El resto de la tarde lo paso leyendo periódicos. Hay noticias que me suenan, acontecimientos que ya creo haber conocido anteriormente. Otros, no.

Cerca de las diez bajo a cenar al restaurante del hotel. Como en casi todos estos lugares, cosas la mar de corrientes con nombres la mar de estrafalarios. De primero, «Popurrí de productos de la huerta aliñados con emulsión de néctar de agrio y zumo de aceituna». Entiéndase: ensalada ilustrada. De segundo, «Retoños de cefalópodo guisados en su negro jugo, acompañados de flanes de cereal», más conocidos por chipirones en su tinta con arroz blanco. De los postres, mejor no hablar. Los que no resultan simplemente impronunciables, semejan tratamientos nobiliarios portugueses.

Al filo de las diez y media subo a la habitación. Subo andando, despacio, por esa escalinata que parece un decorado de *Ana Karenina*. Y entre el primero y el segundo piso me asalta la inspiración.

«La madre de Nerón es un diablo, pero menos: solo siete sobre diez».

¡Ya lo tengo! La madre de Nerón es Agripina. El diablo pero menos es 66. «Agripina66», por tanto Diez caracteres. ¿Y si de esos utilizo «solo siete sobre diez»?

Subo a la carrera el resto de los escalones y entro en mi habitación. Abro la caja fuerte, que ahora sí he bloqueado con el 1313. Saco la agenda electrónica y, cuando me pide la contraseña, escribo: «agrip66».

«Bienvenido, Administrador», me responde la máquina.

Siento una alegría indescriptible. Y no es tanto por tener la ocasión de desvelar el contenido de la agenda, sino, sobre todo, por haber sido capaz de pensar como lo hacía antes. De pensar como yo mismo.

–Hola.

–Buenas noches, señor Valverde.

–Verás: necesitaría imprimir en papel este documento de mi agenda. Ya ves que no es muy grande. Unos tres o cuatro folios, calculo yo.

–Claro. No hay problema, señor Valverde –dice la recepcionista de noche, tras contemplar el simbolito en la pantalla de mi PDA–. Por aquí tengo un cable de conexión... Veamos... ya está. Le pedimos imprimir y... ¡ajá! Enseguida aparecerá su documento en aquella impresora. La situada junto al teléfono. ¿La ve?

–Es usted como un hada buena, señorita Ferreruela.

No había nada personal en la condenada PDA. Ni una cita, ni un contacto, ni una tarea... nada excepto un pequeño documento de texto guardado en el apartado «notas».

Desde el primer vistazo, cuando aún la impresora de la recepción del hotel las estaba escupiendo, me han dado mala espina estas páginas.

Ahora, conforme las voy leyendo, todos los malos augurios parecen confirmarse.

Para «Sobresaliente»:

¿Ya has recibido el dinero de la matrícula? Compruébalo en tu cuenta.

El examen es el veintitrés de junio. Ven en tren. Utiliza este billete para reunirte con tus compañeros. Procura que no te vean copiar.

No se trata de un parcial, sino del mismísimo examen final. No habrá recuperaciones en septiembre. Espero que traigas la lección bien aprendida. No olvides el lapicero, la goma y el sacapuntas.

El GIF no permite errores.

Junto al enigmático mensaje, cuatro documentos en formato PDF reproduciendo, al parecer, los croquis de unos más que complejos circuitos electrónicos con sus correspondientes indicaciones y textos explicativos.

Mi primera impresión es que soy incapaz de sacar nada en claro de esa maraña técnica. Sin embargo, pronto veo que no es así. Todo lo contrario: al cabo de unos minutos voy descubriendo con sorpresa que lo entiendo. Inexplicablemente, lo entiendo a la perfección.

El encabezado de todos esos croquis, por otra parte, no deja mucho resquicio para las dudas.

Locomotora Talgo modelo BT.
Serie RENFE 355 para trenes Talgo XXI.
Sistemas de alarma y seguridad.

El día del viaje

Apenas he pegado ojo en toda la noche. A la intranquilidad propia de mi situación se ha unido que a los retoños de cefalópodo de la cena les ha dado por sublevarse en mi estómago, en lugar de hacerlo en la perola del cocinero, que habría sido lo propio. Hasta las tres de la madrugada, tras desigual batalla contra los chipirones sin otra arma que un frasco de sal de frutas, no he podido dormirme. Y a las siete ya estoy en pie, mirando los carriles y las traviesas a través de la ventana de mi cuarto, que posee unas hermosas vistas sobre la playa de vías de la estación.

Hago parsimoniosamente la maleta, sin olvidar la pistola, que me sujeto a la parte trasera del cinturón mediante un sencillo soporte, una especie de accesorio incorporado a la propia arma. Siento un nuevo escalofrío cuando descubro que sé utilizarla. Sin un solo titubeo identifico el seguro, la apertura del cargador y el modo de montar el arma. Esto cada vez me gusta menos.

Reviso el extraño maletín de herramientas, donde guardo también los misteriosos circuitos electrónicos. Luego, bajo a desayunar. El maravilloso bufé libre me reconcilia con el cocinero del hotel «Internacional».

Son las nueve. Aún tengo dos horas por delante. Veo que en Canfranc existen oficinas de al menos dos de los bancos de los que al parecer soy cliente. Repito la misma comedia de ayer ante sendos empleados del BBVA y de Ibercaja.

Los saldos de mis cuentas en ellos no son tan apetitosos como el de La Caixa, pero rondan los veinte mil euros cada uno.

Al dejar la habitación pago con la American del Barclays. Sin problemas.

Recorro de punta a punta el edificio y los andenes.

Compro el periódico en el quiosco de la estación y me siento a leerlo en la sala de espera. Antes de llegar a la página doce, anuncian ya la llegada de mi tren.

«Estación de Canfranc. Próximo a efectuar su entrada en vía uno, andén principal, tren Talgo Transaragonés, procedente de Pau y con destino Huesca, Zaragoza, Teruel y Valencia. Vía uno».

Una docena de viajeros nos encaminamos hacia el andén.

A la hora prevista, con puntualidad astronómica, el Talgo XXI asoma por la boca del túnel internacional y avanza hasta detenerse ante lo que fue el andén francés de la estación, ahora el único operativo.

Se trata de un tren articulado de ancho variable cuya cabeza tractora es una moderna BT de Talgo, que Renfe ha encuadrado dentro de su serie 355. Veo que esta, concretamente, ha sido matriculada como 355-013. Mira por dónde.

Mi billete indica que debo subir al primero de los siete coches que conforman el convoy, y ocupar el asiento 1A, el más cercano a la locomotora, en la única fila que viaja de espaldas a la marcha y enfrentada al resto del pasaje.

Así lo hago y, tras colocar en la rejilla portaequipajes tanto mi maleta como el maletín, compruebo que mi asiento está ocupado por una muchacha de pelo corto y rojizo que lee *Les trois mousquetaires*. O sea, *Los tres mosqueteros* en versión original.

–Disculpe... me parece que ese es mi asiento –le digo–. Aunque, si prefiere sentarse junto a la ventana, no me importa cambiarlo con el suyo. No me importa en absoluto.

La chica vuelve hacia mí unos ojos impresionantes, de la forma y el color de las almendras. Unos ojos capaces de desarmar de un parpadeo a un cosaco borracho de vodka.

–Si de veras no le importa... –dice, con marcado acento galo–. Yo pensaba leer y prefiero la luz natural.

–Por supuesto, la comprendo perfectamente. Y, desde luego, para leer a Dumas no hay nada como la luz natural. Ni comparación con el tungsteno.

–¿Eh…?

–No, nada, nada…

Me acomodo en el asiento 1B, butaca de pasillo, y saco el periódico.

En este preciso instante, la locomotora aúlla, quizá de alegría por abandonar Canfranc.

Apenas arranca el tren, la francesita parece perder interés por D'Artagnan y sus compañeros y ganarlo por mí. Cosa que me parece estupenda, dicho sea de paso.

–Disculpe –me dice–. No me he presentado, después de lo amable que ha sido usted. Me llamo Madeleine. Madeleine Gilet.

–¿Gilet? ¡Qué curioso! Se pronuncia como…

–Sí –se adelanta ella–. Se pronuncia como las maquinillas de afeitar. Puede ahorrarse los comentarios ingeniosos.

Vaya sota. Con lo modosa que parecía.

–No, yo… iba a decir que se pronuncia como un pueblecito cercano a Valencia. En cualquier caso, estoy encantado de conocerla, *madmuasel* Gilet –digo, estrechándole la mano–. Yo soy Santiago. ¡Digo, no! Sebastián. Me llamo Sebastián. ¡Qué tonto!

–¿En qué quedamos? ¿Santiago o Sebastián?

–Sebastián, Sebastián. Seguro. Sebastián Valverde, concretamente.

–Mucho gusto, *mesié* Valverde. ¿Va usted también a Zaragoza?

–Eeeh… Sí. Sí, a Zaragoza. A Zaragoza, o al charco. ¡Je, je!

Los ojos de almendra parpadean de estupefacción.

–¿Cómo dice?

–No, nada… es un… un cuento baturro. Seguramente, intraducible al francés. No sé por qué me ha venido ahora a la memoria.

No sé si le estoy pareciendo un tipo fascinante o un estúpido insufrible.

–¿Sabe usted cuándo llegaremos a Zaragoza? –me pregunta.

–Pues... mi billete indica que la hora de llegada es a las doce cincuenta y cinco.

–Dos horas, entonces...

–Dos horas menos cinco. Rápido, ¿eh? Desde luego, apretando a fondo el acelerador y desafiando a los radares de la Guardia Civil de Tráfico, es posible hacerlo más deprisa en coche, pero, a mi modo de ver, no hay comparación.

–Desde luego. El tren es infinitamente más... romántico. ¿No cree?

–*Oui.*

¡Ay, madre...! Juraría que está intentando ligar conmigo. Naaa... No puede ser. Aunque quizá entre las cosas que mi memoria ha extraviado están las claves de la batalla amorosa. En cualquier caso, será mejor que no me haga ilusiones. Pero... ¿y si pretende de veras ligar conmigo y yo dejo pasar la oportunidad como un idiota? Por Dios, qué complicado está resultando esto de vivir. ¿Dónde podría conseguir un libro de instrucciones?

–Desde luego, este viaje ha mejorado increíblemente en pocos años –digo, tratando de que no muera la conversación–. ¿Sabe que a principios de siglo, ir en tren de Canfranc a Zaragoza costaba casi cuatro horas? Eso, si no llegabas con retraso o, simplemente, no llegabas. Porque el tren descarrilaba casi todos los meses.

–¡Qué barbaridad! ¿Y a principios de qué siglo dice usted que ocurría eso?

–A principios de este, del siglo veintiuno. Hace poco más de un lustro.

–¿Un lustre?

–Lustro, lustro. Cinco años.

–Oh… Lo encuentro realmente asombroso. Y hablando de otra cosa: ¿tiene idea de por qué nos estamos tratando de usted?

El Talgo XXI avanza por el alto valle del río Aragón, adaptándose al sinuoso trazado como una serpiente azul y plata, con el motor de la 355 emitiendo un rugido diésel, ronco, profundo y potente, aunque bastante más tenue que el de cualquier otra de las locomotoras que hasta la fecha hubieran surcado esos mismos parajes.

La permanente sonrisa de Madeleine ha desatado mi locuacidad. La primera mala impresión ha desaparecido por completo.

–¿Sabías que, aunque se renovó completamente la vía, el trazado es prácticamente el mismo que se inauguró hace más de ochenta años entre Pau y Zaragoza?

–No tenía ni idea –responde Madeleine–. Lo encuentro… fascinante.

–Apenas se han enderezado algunas curvas. Y eso que los ingenieros estaban empeñados en quitarlas casi todas.

–Hay que ver la obsesión que tienen algunos hombres con las curvas, ¿no crees?

–De modo que ahora vamos básicamente por el mismo camino que en mil novecientos veintiocho…

–… Pero algo más deprisa, supongo.

–¡Exacto! Pese a lo complicado del trayecto, al utilizar estos trenes Talgo de última generación, la ganancia en el tiempo de viaje ha resultado espectacular. Bueno, ya lo ves: menos de dos horas para recorrer el mismo trayecto que a un TAF en los años sesenta le costaba cuatro horas y cuarto. Claro, con bastantes menos paradas. Hablo de los que hacían el recorrido por Tardienta y Huesca, porque otros iban por la línea directa Zuera-Ayerbe y ganaban casi tres cuartos de hora…

–La verdad, no tenía ni idea, Sebastián.

El tono de mi acompañante me hace ver de inmediato la realidad.

–Discúlpame. Te estoy aburriendo, ¿verdad?

Ella sonríe antes de contestar.

–Hombre, no. De momento, no. Pero si toda la conversación que me vas a dar es de este estilo, no te garantizo la ausencia de bostezos. Por cierto, ¿cómo sabes tanto de trenes?

Me quedo mirando a Madeleine. Y sonrío también, bobamente, mientras me pregunto justamente eso mismo: ¿por qué sé tanto de trenes?

–Pues… no lo sé. Me gusta el tema, supongo.

Antes de llegar a Jaca, Madeleine y yo ya hemos hecho buenas migas. Según me acaba de contar, es natural de un pequeño pueblo cerca de Toulouse y va a Zaragoza contratada como profesora de francés por un colegio privado, el Juan de Lanuza.

–¿Has oído hablar de él?

–Sí, por supuesto –miento–. Tengo entendido que es un magnífico colegio. Seguro que estarás bien allí.

Naturalmente, es inevitable que, a renglón seguido, ella me pregunte por mi profesión.

–Soy… modelista ferroviario –invento, descaradamente.

Ella vuelve a sonreír.

–¿Y eso qué es?

–Construyo trenes en miniatura. A escala exacta uno, ochenta y siete. Hache-cero, se llama.

–¡Qué bonito! ¿Y eso es un oficio?

–¡Bueno! Digamos que es un medio de ganarse la vida. Hay coleccionistas que pagan muy bien este tipo de trabajos. También escribo libros sobre trenes –digo, completando el embuste.

–Qué interesante... –replica Madeleine con cara de no tragarse ni una sílaba–. Un escritor ferroviario, entonces. Inaudito.

Sabiñánigo

Tras abandonar Jaca, donde hemos efectuado una breve parada, estamos a punto de entrar en Sabiñánigo, cuando van a cumplirse los primeros treinta minutos de nuestro viaje.

Ocho o diez personas esperan en el andén para subir a nuestro tren. Entre ellas destaca inevitablemente un sujeto más que cincuentón, alto, rubio y de tez sonrosada como una langosta a medio cocer. Su equipaje –una gran maleta de cuadros escoceses– y su indumentaria no habrían llamado la atención lo más mínimo en la Victoria Station de Londres. Aquí resultan, como mínimo, chocantes.

Madeleine se lo ha quedado mirando fijamente a través de la ventanilla y, lo que son las cosas, me siento un poquitín celoso. Celoso, sí, caramba. Yo estoy aquí, dándole conversación, explicándole cosas de trenes e inventando mentiras sobre mí mismo que bien podrían ser intimidades, y ella, a la primera de cambio, desvía su atención hacia ese tipo grandón, sajón y estrafalario. No hay derecho.

El tren silba de contento y acelera de nuevo con rapidez. Desde aquí hasta Ayerbe vamos a atravesar una de las zonas más espectaculares de todo el trayecto. Tan hermosa, que uno casi lamenta que el Talgo sea tan rápido y no puede evitar añorar la velocidad decimonónica de las antiguas máquinas de vapor. Son sesenta kilómetros que, a bordo de uno de aquellos vetustos trenes correo, permitían hora y tres cuartos de disfrute, y que ahora la 355 BT se merienda en media horita de nada. Un vendaval sobre raíles.

Pero ni eso voy a poder paladear. A los cinco minutos de la salida de Sabiñánigo, el inglés alto y rubio entra en nuestro coche. Sin el más leve titubeo, recorre el pasillo de punta a cabo y se dirige directamente hacia mí.

–*Hello, Sebastian* –dice con británica pronunciación–. Te espero en la cafetería. No tardes.

A primera vista podría parecer una cortés invitación, pero el tono no deja lugar a dudas: se trata de una orden.

Tal vez sea uno de mis compañeros de examen, esos de los que hablaba la misteriosa nota alojada en la PDA.

Sea como sea, se acabó lo bueno. Se acabó el placer del viaje. Se acabó la conversación y el intento de ligue con Madeleine. Empieza el baile. Un baile desconocido que, a partir de ahora, tendré que ir improvisando al ritmo de la música.

Me vuelvo hacia mi compañera de asiento.

–Hasta luego, Madeleine. Guárdame el sitio, ¿quieres?

Ella sonríe. Pero cuando me incorporo, hace lo propio.

–Te acompaño. La verdad es que también me apetece tomar algo.

Se ha acercado a un palmo de mi cara. ¿Ya os he dicho que se trata de una chica muy, muy hermosa? Pues vista así, de cerquísima, aún lo es más. Casi rozando lo espectacular. Y el aliento le huele a canela, cosa de la que yo, desde luego, no puedo presumir.

–No sé si voy a poder prestarte atención –le advierto, señalando con las cejas al británico.

–No importa. Sé entretenerme yo sola.

Como en todos los trenes del mundo, la cafetería separa la clase preferente de la turista, así que solo tenemos que salir de nuestro coche y atravesar el siguiente, también de preferente, para desembocar en un coche-bar cuyo diseño, aunque excesivamente funcional, habría dejado boquiabierto al más exigente de los pasajeros de los antiguos grandes expresos europeos.

Cuando el inglés, que no ha tardado ni un segundo en pedir su consumición –coñac– y se la está tomando acodado en la barra, me ve entrar acompañado por la chica, la sorpresa y la contrariedad asoman a su rostro de inmediato.

–Hola –digo–. Esta es mi compañera de asiento. Madeleine.

En un gesto estudiadamente chic, la francesa le tiende la mano, que el otro duda en estrechar. Cuando por fin lo hace, ni siquiera se molesta en sonreír.

–Samuel Gordon –dice, sin más.

–Gordon. Como la ginebra –comento, ganándome una mirada hostil por su parte.

Madeleine, por el contrario, exhibe una sonrisa preciosa, capaz de derretir el aluminio de la estructura del vagón.

–Encantada de conocerle, señor Gordon. ¿Inglés?

–Escocés.

–¡Escocés, claro! He estado a punto de decirlo, pero como no he visto que llevase usted ninguna gaita…

–Es que la guardo en la maleta.

–Me parece muy adecuado. ¿También se dirige a Zaragoza?

–No, no. En realidad voy... hasta final de trayecto –responde el británico, con aire misterioso–. Y ahora, señorita, si nos disculpa... *Sebastian* y yo tenemos que tratar un asunto importante.

–Faltaría más –concede ella, retirándose dos pasos.

Pido un café y le indico al camarero que me cobre lo que tome Madeleine, a la que dedica una mirada larga y machista que cierra con un rictus aprobatorio.

–Vaya chavala, amigo... Si no la invita usted, la habría invitado yo.

Me ha parecido detectar un tonillo algo soez en la frase.

–A ver si nos tomamos menos libertades camarero, que esa joven es mi novia.

El empleado de la Wagons-Lits me dedica una mirada en la que puede leerse «ni borracho me lo creo». Pero su respuesta es más diplomática.

–En ese caso, le alabo el gusto.

Gordon me espera en el otro extremo del coche, aparentemente entretenido en atravesar con la mirada el cristal de una de las ventanillas. Mira el paisaje pirenaico con ese aire entre asombrado y envidioso con que los inquilinos de las islas Británicas suelen contemplar cualquier formación montañosa que merezca tal nombre.

El trazado se vuelve sinuoso por momentos, pero eso no es obstáculo para que nuestro tren mantenga su velocidad. El diseño del Talgo permite que el movimiento apenas se perciba mientras se está sentado en las butacas. Pero estando de pie en la cafetería, el continuo vaivén nos obliga a sujetarnos con fuerza de los asideros.

–Supongo que has recibido la trasferencia bancaria –son las primeras palabras del escocés–. Si no, no estarías aquí.

–En efecto. La he recibido.

Naturalmente, sospecho de inmediato que se refiere a la astronómica cantidad que exhibe mi cuenta corriente de La Caixa.

–¿Lo has traído todo?

–Por supuesto –respondo, sin saber a qué se refiere.

–No te importará que te trate de tú, ¿verdad, *Sebastian?* Tengo algún problema con tu idioma y me resulta más cómodo.

–Ni hablar, míster Gordon. Lo siento, pero odio que la gente se tome semejantes confianzas conmigo –le digo.

Él gruñe una media carcajada, como de jabalí risueño, y esboza una sonrisa.

–Tú y yo actuaremos entre Huesca y Zuera –dice, de inmediato–. No tendremos mucho tiempo. Tal y como estaba previsto, dispondrás de poco más de quince minutos para anular el ASFA y el Hombre Muerto.

¿Hacer qué?

–Ajá… Bien –respondo, alzando ligeramente el pulgar.

El escocés se me queda mirando, desde lo alto de sus seis pies y medio de estatura. Yo trato de sostenerle la mirada, pero eso me obliga a adoptar una incómoda postura. Me duele el cuello. Por suerte, Gordon rompe el silencio tras apurar el último resto de su coñac.

–¿No vas a preguntarme en qué consiste el plan?

Ahora me doy cuenta de que tengo la boca seca como el esparto.

–Sospecho que me lo va usted a contar de todos modos –digo–. Pero estoy en ascuas, se lo aseguro.

El escocés se inclina sobre mi hombro izquierdo, para hablarme casi al oído.

–La cosa es simple, *Sebastian:* voy a secuestrar este tren con todos sus pasajeros.

Me había preparado para no mostrar demasiada sorpresa, dijera lo que dijera. Pero creo que no estará de más exhibir una parte de la estupefacción que me produce la confidencia.

–Ah…

–¿Sorprendido?

–Hombre… en cierto modo –admito–. Aunque… ya me olía algo así. ¿Para qué, si no, iba a querer que yo anulase el ASFA y el Hombre Muerto?

Gordon asiente, complacido.

–Claro. Tienes toda la razón, *Sebastian.* Sabiendo eso, no era muy difícil de adivinar. Veo que eres un tipo despierto. Eso está bien.

–Por cierto, amigo Gordon, mi nombre no se pronuncia *Sebastian,* sino Sebastián. Sebastián. Con acento en el *tian.*

Gordon ni se inmuta.

–Espero que seas tan bueno como me aseguraron.

–No se fíe. En las oficinas del Inem siempre exageran los méritos de los candidatos.

–¿Cómo dices?

Veo que las bromitas no son su fuerte.

–No, nada. Que sí, que soy el mejor en lo mío, no se preocupe –digo, sin saber por qué; quizá lo he oído en alguna película de cine.

–También yo lo soy –replica Gordon, consultando su reloj de pulsera–. Ahora vuelve a tu asiento y repasa la lección. Ya estamos cerca de Ayerbe. Desde allí, faltarán menos de veinte minutos a Huesca, donde pararemos otros cinco minutos. Al salir de Huesca me reuniré contigo para pasar a la locomotora. Recuerda: tienes que terminar tu tarea antes de llegar a Zuera. De allí a la estación de Zaragoza-Delicias hay otros veinte minutos. Ese será el final de tu viaje. ¿Entendido?

–Entendido: hago el trabajo entre Huesca y Zuera... y me apeo en Zaragoza.

–Eso es. Una vez que bajes del tren, desaparece lo antes posible. Procura no dejar rastro. Vigila que nadie te siga.

–Y... ¿qué ocurrirá después, una vez que yo haya dejado el tren?

–Allí, en Zaragoza, subirán a bordo catorce hombres armados, dos por coche, que se adueñarán del tren una vez hayamos reanudado el viaje, cuando circulemos ya camino de Teruel.

Esto no puede ser verdad. No me puede estar ocurriendo a mí.

–Y... ¿tomarán a los pasajeros como rehenes?

Gordon me mira como si yo fuera tonto.

–Hombre, claro, esa es la idea. ¿O sabes de algún secuestro sin rehenes?

–No, claro...

–Calculamos que en ese momento habrá unas cien personas a bordo. Un número suficientemente alto como para poder negociar con comodidad y, a la vez, lo bastante reducido como para tenerlos a todos bajo control sin mucho esfuerzo.

A través del cristal de la puerta de comunicación echo un vistazo al coche contiguo. No puedo evitar pensar que muchas de esas personas que ahora dormitan o leen la prensa se van a enfrentar dentro de unos minutos a la peor experiencia de su vida.

–¿Qué piensan pedir a cambio de los rehenes?

–¡Oh...! Eso ni te interesa ni es muy difícil de imaginar. Y no afecta a nuestro trabajo. Ya te dije en nuestra conversación anterior que esta acción es un encargo del GIF.

–¿Se refiere al… Gestor de Infraestructuras Ferroviarias?

Gordon endurece el gesto por vez primera.

–No te pases de gracioso conmigo, *Sebastian,* que no entiendo el humor español. Hablo de Gibraltar Independent and Free, naturalmente. Ellos son quienes negociarán con las autoridades españolas y británicas los términos del secuestro una vez que se haya producido.

¡Demonios…! Esto sí que no lo esperaba.

–Sí, ya, ya… Un grupo de llanitos que no quieren perder sus privilegios.

Gordon frunce el ceño. Parece desconcertado por mis observaciones.

–Más bien un grupo de nacionalistas cansados de servir como naipes de baraja para juegos de envite entre España y el Reino Unido –recita, yo creo que de memoria–. Gibraltar merece la condición de país independiente como lo son Liechtenstein, Mónaco o Andorra.

–No irá usted a comparar.

Gordon me mira con cierto hastío.

–Mira, *Sebastian,* no pienso discutir ahora contigo sobre estas cuestiones. Te parezcan bien, mal o regular, este es el momento de pasar a la acción, y nada más. Haz correctamente tu trabajo y no te preocupes de nada más.

–Pero… ¿qué es lo que pretenden? ¿Qué van a intentar negociar con este secuestro? Si soy una parte activa del plan, quiero saberlo.

–No te pases de curioso, ¿de acuerdo? Además, te recuerdo que, en esta operación, nadie se va a ganar el sueldo en mejores condiciones que tú, que habrás abandonado el tren cuando empiece el verdadero baile. Puede que seas uno de los mayores expertos del país en sistemas de seguridad ferroviaria, pero si tengo que acabar contigo, lo haré sin pestañear. Lo que puedo asegurarte es que, de una forma u otra, mañana medio mundo sabrá que existe el GIF. Y todos tomarán muy en serio sus reivindicaciones. Gibraltar podrá por fin tener voz en las negociaciones para establecer su destino. Que, por otro lado, es lo más natural, ¿no crees?

Y con el eco de su retórica pregunta en los labios, Gordon hace un gesto, apenas un pariente lejano de la sonrisa, y sale de la cafetería del tren dejándome con el corazón latiendo a veinte pulsaciones por minuto.

Lo sigo con la vista hasta que desaparece pasillo adelante, camino del penúltimo coche de clase turista. A mi alrededor, los otros viajeros charlan animadamente, aunque yo tengo la sensación de que una nube de silencio ha invadido el ambiente. Un silencio que cambia de pronto a zumbido insoportable, en medio del cual distingo a Madeleine, que se me acerca. Me habla. Me dice algo que no entiendo. Le hago un gesto con las manos y busco con la mirada el rótulo que me indique la situación del lavabo más cercano. Y corro hacia él. Es el del primer coche de clase preferente y, afortunadamente, se encuentra libre.

Me encierro en él. Me siento sobre la taza apoyando la cabeza contra la pared. Cierro los ojos, tratando de que el mundo deje de girar, lo cual es difícil cuando el Talgo está devorando a toda velocidad las últimas estribaciones del Prepirineo y la vía aún se retuerce en constantes curvas y contracurvas en busca del llano. Siento una arcada irresistible que nace en lo más profundo de mi estómago. Abro el grifo y me echo agua por la cara sin sentir el más mínimo alivio. Entonces comprendo que no voy a poder contener un segundo más ese *alien* de miedo y sorpresa que ha ido germinando en mi interior, creciendo con cada palabra de Samuel Gordon. Me incorporo, abro la tapa del retrete y vomito furiosamente, de rodillas en el suelo. Pese a ello, la náusea no remite. Y cuando mi aparato digestivo está a punto de darse la vuelta como un calcetín, siento que nos detenemos. Debemos de estar en Ayerbe.

La pausa en el traqueteo ferroviario parece concederme un respiro. Salgo del lavabo, busco la salida más cercana y me precipito al exterior.

Pisar el andén de la pequeña estación me ayuda a recuperarme ligeramente. Pero el tiempo de parada es mínimo. No dispongo ni siquiera de un minuto.

–Nos vamos ya, caballero –me dice el interventor–. ¿Va a continuar viaje o se apea aquí?

El primer impulso es abandonar. Decir: «Me quedo». Pero Madeleine ha aparecido también en la puerta del coche y me mira con preocupación.

–¿Qué te ocurre, Sebastián? ¿Te encuentras mal?

–Me he... mareado –digo, con un hilillo de voz.

–Ya se ve. Te has quedado del color de la ceniza.

–Si van a seguir viaje, deben subir a bordo –dice el interventor–. Tenemos que salir ya.

Tengo que decidirme. Y me decido. No voy a dejar a Madeleine aquí, sola, a merced de una situación que no consigo valorar por completo pero que, seguramente, empeorará si tomo el siempre incierto camino de la huida. No. No voy a arrojarla en manos de Gordon, de sus hombres y de sus planes. Aunque todo mi cuerpo se rebela, hago un esfuerzo de voluntad y me obligo a subir de nuevo a bordo del Transaragonés.

–Vamos a sentarnos –propone Madeleine, cogiéndome del brazo.

De camino a nuestros asientos, siento cómo mi aspecto va suscitando un reguero de compasión. Sin embargo, los afectuosos cuidados de Madeleine me proporcionan una cantidad al menos similar de envidia masculina.

Logrado nuestro objetivo a paso de nazareno, me desplomo sobre la butaca y, de inmediato, la reclino al máximo. Cierro los ojos y me veo a mí mismo desde fuera, desde lo alto, como dicen que les ocurre a los moribundos.

Y, por cierto, qué poco me gusto.

Un delincuente. Peor: un terrorista o un colaborador con terroristas, que tanto da. Alguien dispuesto –acostumbrado, quizá– a jugar con la vida de los demás. Y, por lo que parece, ni siquiera con la mala excusa de defender unos ideales. Simplemente, por dinero. Un mercenario despojado de romanticismo. Un matón a sueldo. De todas las posibilidades existentes cuando me desperté ayer sin saber quién era, veo tomar forma a la peor de las imaginables.

Pero ¿cómo es posible? ¿Acaso yo ayer era otra persona? ¿Cómo explicar que hace cuarenta y ocho horas estuviese dispuesto a hacer algo que hoy repugna mi sentido común con solo pensarlo? ¿Cómo podía llevar una vida que ahora no escogería ni bajo amenazas de muerte? No lo entiendo.

Sin duda, me faltan elementos de juicio. O quizá, simplemente, no soy capaz de comprenderme a mí mismo; no soy capaz de ponerme en mi propio pellejo, de la misma forma que no somos capaces casi nunca de ponernos en el pellejo de los demás.

Tantas veces tendemos a juzgar a los otros según nuestra visión del mundo y de la vida, que no pensamos que haya mejores razones ni lógica más pura y exacta que la que cada uno somos capaces de esgrimir. Pues bien, ahora ya sé, por propia experiencia, que esto no funciona así.

Al parecer, voy a prestar mi colaboración para llevar adelante un plan que pondrá en peligro la vida de un centenar de personas. Es posible que alguna o varias o todas ellas mueran. Esa sola idea me resulta insoportable. Y, sin embargo, anteayer estaba dispuesto a ello por un cuarto de millón de libras. ¿Por qué hoy no?

¿Es porque anteayer me tocaba cobrar el dinero y hoy me toca apretar el gatillo? ¿Es solo eso?

Ojalá no hubiese despertado.

Tiene que haber algo más.

Cuando recupere mi pasado lo entenderé todo, estoy seguro. Cuando disponga de todos mis recuerdos sabré con toda precisión por qué voy a colaborar con Gordon. Mientras tanto, mi única salida es seguir adelante, confiando en que la realidad vaya aterrizando en mi cerebro poco a poco. O de golpe, que tanto da.

Debo confiar en mí mismo. Si ayer estaba dispuesto a hacerlo, por algo sería.

–Por algo sería…

–¿Qué dices?

Abro los ojos. A mi lado, Madeleine me mira con un rictus de preocupación que –no puedo negarlo, a pesar de mi situación– me encanta.

–¿Qué…?

–Estabas murmurando algo.

–Ah… no. He debido de… dormirme durante un instante, eso es todo.

–Sí. Te has dormido unos minutos. Profundamente. Incluso roncabas.

–¿Roncaba? No sabía que roncase.

–¿Nadie te lo había dicho?

–Eeeh… No. ¿Quién me lo iba a decir?

El interés de la mirada de Madeleine se multiplica por dos, mientras me recorre el óvalo de la cara con la punta de su dedo índice, en una caricia circular.

–¿Te encuentras mejor?

–Sí, sí. Mejor –reconozco–. ¿Dónde estamos?

Madeleine consulta la pantalla de vídeo más cercana, en la que un GPS va devanando el itinerario del tren.

–Por lo que veo, faltan menos de cinco minutos para llegar a Huesca.

Huesca

El problema de Huesca no es que sea una ciudad pequeña; es que, aunque a primera vista no lo parezca, se encuentra de camino a ninguna parte. El ferrocarril tardó mucho en llegar hasta allí, y encima lo hizo en falso, mediante un ramal de veintidós kilómetros que la unió a la línea de Zaragoza a Barcelona a la altura de Tardienta.

El ferrocarril de Canfranc solo le proporcionó esperanzas que nunca se cumplieron. De hecho, el trazado principal de la línea dejó la capital a un lado para unir por el camino más corto Zaragoza y Zuera con Ayerbe, evitando así un rodeo de treinta kilómetros.

Su estación siempre ha sido un fondo de saco. Y la última remodelación, que la convirtió en un pequeño pero moderno complejo intermodal, no logró hacer desaparecer este inconveniente.

Nuestro tren entra de frente y, tras la detención de apenas tres minutos, debe salir retrocediendo.

Madeleine me mira, extrañada.

–¿Vamos a ir marcha atrás hasta Zaragoza?

Estoy a punto de responderle con un desagradable «y yo qué sé». Pero, curiosamente, sí que lo sé.

–Si fuera viernes o domingo, sí, aquí invertiríamos la marcha definitivamente. Hoy no. Hoy retrocederemos hasta la vía principal y allí cambiaremos de nuevo de sentido.

–¿Cómo lo sabes? ¿Ya has hecho este viaje otras veces?

Eso me gustaría saber a mí. Y, como no lo sé, le digo que sí.

SABOTAJE

Una vez de nuevo en la línea principal, y apenas nuestro tren reemprende la marcha normal, hace su aparición Samuel Gordon, fiel a su promesa. Veo que ahora luce sobre la solapa una ostentosa identificación de Renfe, seguramente falsa, pero que da el pego. Abre la puerta de intercomunicación de nuestro coche y avanza por el pasillo hacia mí, con una extraña semisonrisa en la boca. A mitad de camino, una pasajera que ya no cumplirá los noventa años le interpela sin contemplaciones.

–Disculpe, joven –le dice, al tiempo que le pone la mano en el pecho–. ¿Puede decirme cuándo llegaremos a Cariñena?

–A su debido tiempo, señora. A su debido tiempo –responde el escocés, disimulando acertadamente su acento sajón.

Al llegar a mi altura, me hace un gesto con la mano.

–¿Me acompañas, *Sebastian?* Necesito tu opinión sobre… un asunto del servicio.

Deslizo hacia Madeleine una mirada culpable.

–¡Ah, vaya! –dice ella, inocentemente–. Por eso sabías tanto de trenes.

Sin replicar ni a uno ni a otra, me levanto del asiento y cojo de la rejilla de equipajes el maletín con las herramientas y el material electrónico.

–Cuando quieras –le digo a Gordon. Él me fulmina con la mirada mientras sonríe con la boca.

Dejamos el salón de butacas y pasamos a la plataforma delantera del coche. Desde allí, solo el fuelle de intercomunicación nos separa de la locomotora. La falsa sonrisa de Gordon ha desaparecido.

–La puerta –me dice, secamente.

«La puerta, ¿qué?», me pregunto en silencio.

Tras media docena de segundos de desconcierto que trato de disimular como mejor puedo, veo que el acceso a la locomotora está guardado por una puerta automática, controlada por un mecanismo lector de tarjetas magnéticas. De inmediato, caigo en la cuenta.

De mi cartera de piel marrón saco la tarjeta con el logotipo de Patentes Talgo y, tras asegurarme de que nadie puede verme, la deslizo de arriba abajo por la ranura.

La puerta se abre con un siseo.

MTU

El rugido de los doce cilindros del motor diésel MTU nos golpea de inmediato. Estamos en las tripas de la locomotora y el calor es intensísimo.

La puerta automática se cierra tras nuestro paso. Gordon avanza con soltura, rodeando la maquinaria por el lado derecho, y se dirige a la parte delantera de la locomotora.

La cabina de conducción está separada del compartimiento motor por otra puerta, idéntica a la anterior y que abrimos utilizando el mismo sistema.

El maquinista, sentado en un sillón que poco tiene que envidiar al del piloto de un Airbus, se vuelve hacia nosotros con la sorpresa dibujada en las pupilas y se encuentra con una pistola apuntando a su frente.

–¡Quieto! –dice Gordon, en un tono que no admite réplica–. No toques el tren-tierra. No toques el teléfono móvil. No se te ocurra tocar el freno de emergencia. Sigue conduciendo este chisme como si no pasase nada o te vuelo los sesos. Y si piensas que voy a dudar en apretar el gatillo porque te necesito para conducir este tren, te equivocas. Prefiero que lo hagas tú, pero no me haces ninguna falta. Y recuerda que nadie, ni el interventor ni ninguno de los pasajeros, escuchará un disparo que se produzca aquí dentro. ¿Está claro?

El hombre, que ha palidecido visiblemente, se resiste a responder hasta que la presión de la boca del arma contra su parietal derecho lo convence de la conveniencia de hacerlo, aunque solo sea con un movimiento de cabeza.

–¿Cómo te llamas?

–Fidel.

–Bien, Fidel. Ahora, reduce la velocidad a ciento cincuenta kilómetros por hora. El muchacho –Gordon lo dice por mí, sin mirarme– necesita los mínimos traqueteos y dieciocho minutos de tiempo para hacer su trabajo. Vamos a conseguírselos.

Debe de ser algo que he estado preparando durante meses, porque de repente me doy cuenta de que sé perfectamente qué debo hacer y cómo debo hacerlo. Es como una canción aprendida en la infancia. Como una poesía guardada en la memoria, en la que cada verso te trae a la boca el siguiente.

En primer lugar, para permitir que vaya adquiriendo la temperatura de trabajo, saco mi soldador de precisión y lo conecto a una toma de corriente de doscientos veinte voltios que existe a la izquierda del panel de mandos de la locomotora. Inmediatamente, identifico el armario del ASFA, de las dimensiones de una máquina expendedora de refrescos y situado tras el puesto de conducción. Saco de la caja de herramientas una llave especial con la que aflojo con un cuarto de vuelta los ocho tornillos de boca triangular que sujetan la tapa frontal y la retiro sin dificultad.

Ahora, con ayuda del croquis, identifico rápidamente los circuitos impresos que debo sustituir. Los extraigo de su alojamiento con facilidad, uno tras otro, como si lo hubiese hecho toda la vida. Luego, voy pinchando en su lugar los que traigo preparados.

–¿Cómo va eso? –pregunta Gordon al cabo de un rato.

–Bien. Solo tengo que realizar algunas conexiones.

–Quedan menos de siete minutos para la parada de Zuera.

–Será suficiente.

–Eso espero.

El soldador ya está caliente. Localizo los puntos apropiados y sueldo en ellos unos conjuntos de resistencias y condensadores que también he traído ya convenientemente montados. Con el *tester* compruebo el resultado.

–Listo –anuncio.

–¿Ya está? ¿Y el Hombre Muerto?

–Anulado también.

El Hombre Muerto. Con el tren en marcha, cada minuto suena un pitido en la cabina. Antes de que transcurran diez segundos, el maquinista debe efectuar una determinada operación que le indique al sistema de seguridad que sigue a los mandos de la locomotora. Si la reacción esperada no se produce, el sistema, de forma automática, detiene inmediatamente el tren. Con distintas variantes, este método de seguridad está presente en todas las administraciones ferroviarias del mundo.

Cuando suena el siguiente pitido, Gordon le hace una seña al maquinista.

–Quieto –dice.

Pasan diez segundos. Luego, medio minuto. El tren continúa su marcha sin problemas.

–¡Esto es una locura! –exclama el conductor–. ¿Se dan cuenta de lo que están haciendo? ¡Están jugando con la vida de los pasajeros!

–¿Te he pedido tu opinión? ¡Pues cállate –grita el escocés destempladamente antes de volverse hacia mí–. Y ahora, la célula fotoeléctrica. Sujétala al cristal de la ventanilla izquierda... –Gordon consulta en un vistazo un papel que saca del bolsillo del pantalón– ... a noventa centímetros exactos del plano del suelo.

Con mi metro flexible mido noventa centímetros desde el suelo de la cabina. En el punto establecido, adhiero la célula fotoeléctrica al cristal mediante la ventosa que incorpora. Para asegurarla, le doy una pincelada de Loctite alrededor del borde.

–Hecho.

–Conéctala a esto –me dice entonces Gordon, tendiéndome una pequeña cajita metálica que ha sacado de su bolsillo.

Obedezco, introduciendo los terminales de la célula fotoeléctrica en el conector que presenta la caja en uno de sus costados, respetando la polaridad.

–¿Qué es?

–Levanta la antena.

De una de las esquinas brota una antenita telescópica. Tiro de la punta para desplegar sus cuatro secciones y, entonces, se ilumina en verde un diodo LED sobre la cara superior. Parece claro que la señal que envíe la célula en su momento será transmitida a un receptor. Pero a un receptor situado... ¿dónde? Y, sobre todo: ¿para qué?

–¿Qué misión tiene esta célula? –le pregunto al escocés. Pero él me señala con un gesto al maquinista, dándome a entender que no puede hablar en su presencia.

–Tiene que ver con la segunda parte del operativo. No puedo decirte más. Ahora vuelve a tu asiento, *Sebastian* –dice Gordon, que sigue sin acentuar correctamente mi nombre–. Hazme un último favor: procura evitar que el interventor o cualquier otra persona aparezca por aquí hasta que estemos llegando a Zaragoza. Pero sin meter la pata. Quiero decir que no se te ocurra liarte a tiros ni nada por el estilo. ¿De acuerdo? Mi amigo Fidel y yo tenemos asuntos importantes que tratar en los próximos minutos. ¡Ah! Y no olvides apearte en tu destino. ¡Ja, ja, ja...!

Ha mencionado mi nombre en presencia del maquinista. Dos veces. Y estoy seguro de que no lo ha hecho por descuido. Sospecho que Gordon es de los que no cometen errores.

Como flotando en una nube, regreso a mi asiento.

Allí está Madeleine. Ahora es ella la que tiene mala cara.

–Te bajas del tren en Zaragoza, ¿verdad? –es mi saludo de reencuentro.

–Sí, claro, ya te lo he dicho. ¿Por qué?

–Por nada –suspiro–. Solo quería asegurarme.

La noto muy inquieta. ¿Es posible que sospeche algo? ¿O será que le he contagiado mi propio nerviosismo?

–¿Qué has estado haciendo ahí dentro? –me pregunta de repente.

–Nada especial. Asesorando al escocés sobre un tema de mecánica de la locomotora. Quieren comprar trenes como estos para el metro de Edimburgo.

–Creo que ya sé a qué te dedicas. No eres modelista ferroviario. Es posible que juegues con trenes. Pero no con trenes de juguete, sino... con trenes de verdad. ¿Me equivoco?

–Vaya... Eres muy lista.

–¿Trabajas para la empresa Talgo? Me ha parecido que llevabas una tarjeta...

Esta chica está resultando de lo más perspicaz.

–Sí. Sí, en efecto –improviso, una vez más–. Trabajo para Patentes Talgo. En el departamento de... ingeniería y diseño.

–¡Caray! A lo mejor, hasta has diseñado tú este tren.

–A lo mejor.

–Chico, qué misterioso eres.

Veo que resulta fácil ser un embustero consumado cuando ignoras la verdad.

Zuera

Estamos llegando a Zuera. El paisaje no se anda con remilgos a la hora de recordarnos que la capital del más caudaloso río de España está rodeada, paradójicamente, por el mayor desierto de la Europa meridional, el de los Monegros.

Es la última parada antes de Zaragoza-Delicias y el tren se detiene con aparente normalidad. Se apean seis o siete personas. No veo subir a ninguna. A quien sí veo a través de la ventanilla, acercándose a la cabeza del tren, es a la jefa de estación, resoplando andén adelante a causa de un calor de treinta y siete grados Celsius a la sombra. Tras llegar a la altura de la cabina de la locomotora, hace sonar el silbato al tiempo que alza la bandera roja, dándonos salida.

El tren arranca suave, sin acelerar apenas, y toma un desvío hacia unas pequeñas instalaciones aledañas a los terrenos de la estación.

–¿Adónde vamos ahora? –pregunta Madeleine, que sigue extrañamente inquieta.

–Vamos a cambiar el ancho de los ejes –le digo.

–¿Para qué?

–Desde Pau hasta Zaragoza, la vía es de ancho internacional, como la del AVE. Mil cuatrocientos treinta y cinco milímetros. Entre Zaragoza y Valencia, en cambio, sigue siendo de ancho Renfe. Mil seiscientos sesenta y ocho.

–¡Cuánto sabes…! –me dice Madeleine, con un tonillo que no sé si calificar de admirativo o de burlón.

Y cuando voy a continuar con mis explicaciones, veo que se acerca por el pasillo el interventor del tren. Por el paso decidido y por blandir en la mano derecha una tarjeta magnética como la mía, tengo la inmediata seguridad de que su intención es acceder a la locomotora.

Puede ser simple casualidad; o tal vez sospecha algo. Lo que está claro es que, si llega hasta la cabina de conducción, con toda seguridad los planes de Gordon se irán al garete.

En cinco segundos debo decidir si voy a intervenir o no. Acariciando mis vértebras lumbares, sujeta al cinturón, se me hace ahora presente el contacto de la pistola automática.

¿Qué hago?

«No te líes a tiros», ha dicho Gordon.

¿Qué hago?

–Disculpe..., ¿vamos a pasar ahora por el intercambiador de ejes?

Con un impulso intuitivo, me he levantado y me he plantado en medio del pasillo ante el interventor, cortándole el paso.

–En efecto, sí –me responde, algo sorprendido–. Hacia allí nos dirigimos.

–Eso veo... Pensaba que el cambio de ancho se realizaba al salir de Zaragoza.

El empleado de Renfe me dedica una sonrisa profesional. De esas que se aprenden en un cursillo de dos días.

–Depende, depende... Cuando nos toca entrar en Zaragoza coincidiendo con la salida de algún AVE con destino Barcelona, cambiamos de ancho aquí y así podemos cruzarnos con él en el túnel de entrada a Zaragoza, que solo posee una vía de cada tipo, sin retrasar su salida. Por el contrario, si nuestra entrada coincide con la salida de un regional u otro tren de ancho Renfe, entonces llegamos hasta Zaragoza en ancho internacional y cambiamos de ejes a la salida, en el intercambiador de La Almozara. Hoy tendríamos que haberlo hecho así, pero llevamos unos minutos de retraso.

–Ah, ¿sí?

–Por alguna razón, hemos circulado desde Huesca por debajo de nuestra velocidad comercial. Por eso, supongo, le habrán indicado al maquinista desde el control de Zaragoza-Delicias que efectúe aquí el cambio de ancho; para no retrasar la salida del AVE de las trece horas.

–Ah, qué interesante... En todo caso, se trata de una operación muy rápida, ¿verdad?

El hombre sonríe ahora con franqueza. Se llama Caudé, J. Caudé, según reza su tarjetita personal prendida en la solapa. Creo que está encantado de poder ofrecerme sus eruditas explicaciones.

–Sí, desde luego, rapidísima. Con este modelo de tren, es visto y no visto. Los Talgo Veintiuno son los primeros trenes del mundo que pueden cambiar su ancho de ejes de forma rápida y completa, incluida la locomotora. Talgo ya poseía coches con rodadura desplazable desde principios de los años setenta para poder atender las relaciones internacionales, como el Catalán Talgo Barcelona-Ginebra.

–¡No me diga…!

–Pues sí. El problema eran las locomotoras. Al llegar el tren a la frontera era preciso sustituir la locomotora española por otra francesa. Y para empujar el tren en el intercambiador se precisaba el concurso de una tercera máquina, española a la ida y francesa a la vuelta. En la operación se invertían, como mínimo, veinte minutos. Claro que, en su día, fue un gran avance, no crea. Anteriormente, los viajeros debían transbordar a otro tren o, como ocurría con los expresos internacionales de material convencional, como el Puerta del Sol, cambiar completos los carretones de los coches cama, alzando los vagones en el aire con grandes grúas… ¡mientras los viajeros dormían en su interior!

–¿Es posible? –exclamo, exagerando mi sorpresa.

–Ya lo creo. Y no piense que hace mucho tiempo de eso, porque yo he atendido alguno de esos grandes expresos en mis primeros años como revisor.

–¿Y ahora? ¿Cuánto tiempo tarda el cambio en este tren?

–Apenas un par de minutos. El tren entra en el intercambiador sin siquiera detenerse, empujado por un carretón automático; lo atraviesa a unos diez kilómetros por hora y ya está. Cuando sale por el otro lado, ya arrastrado por la locomotora, ha cambiado su ancho de ejes y puede continuar viaje como si tal cosa.

–¡Es asombroso!

–Ya lo creo. Precisamente ahora estamos en mitad de esa operación.

En efecto, sin que pueda apreciarse golpe o traqueteo alguno, nuestro tren va pasando a baja velocidad por la instalación, un pequeño hangar situado sobre la vía, apenas algo mayor que una de esas máquinas de lavar coches existentes en muchas gasolineras.

Un par de minutos más tarde, tanto la locomotora 355 como los siete coches que componen el tren han pasado a disponer del ancho Renfe: 1 668 milímetros. O sea, seis pies castellanos. Qué anacronismo, en estos tiempos...

Y aunque tras esa operación podríamos continuar viaje sin pausa alguna, el Talgo, sin embargo, se detiene completamente.

–¿Y ahora qué sucede? ¿A qué esperamos? –le pregunto al interventor.

–No lo sé. Debemos de tener semáforo rojo para incorporarnos a la vía principal. Es raro, la verdad. Sobre todo porque ya llevamos cuatro o cinco minutos de retraso. Voy a preguntarle al maquinista qué es lo que ocurre.

¡Maldita sea!

El interventor, con una sonrisa, me rebasa y sale a la plataforma. Sin tener claro qué voy a hacer, le sigo. Como si fuera a hacer uso del lavabo. Diez segundos más tarde, mientras acaricio la culata de mi pistola a través de la camisa, lo tengo decidido: en cuanto el empleado de Renfe abra la puerta de acceso a la máquina, me abalanzaré sobre él y le impediré llegar hasta la cabina de conducción. Aún no sé cómo. Como sea. Si formo parte de un plan, tengo que intentar que todo salga bien.

Ahí está. En efecto, ha cruzado el fuelle de comunicación y veo cómo desliza su tarjeta magnética de arriba abajo por la ranura del lector.

En el último segundo, cuando ya he tensado los músculos para saltar sobre él, me doy cuenta de que la puerta no se ha abierto.

Contrariado, el hombre frota la banda magnética de su tarjeta contra el fondillo del pantalón y repite la operación, nuevamente sin éxito. Prueba aún una tercera vez antes de darse por vencido.

–¿Qué ocurre? –pregunto, alzando la voz y fingiendo un despreocupado interés.

El hombre se vuelve hacia mí.

–No lo entiendo. No puedo abrir la puerta de acceso a la locomotora. Supongo que le ocurre algo a mi tarjeta magnética. Estos condenados dispositivos… Antes echabas mano de la llave y abrías, sin más. Ahora, si este chisme dice que no pasas, pues no pasas. Voy a intentar hablar con el maquinista. Quizá él haya bloqueado el acceso desde el interior por alguna razón.

–¿Cómo puede hablar con el maquinista?

–En el último coche hay un interfono que comunica con la locomotora, para poder dirigir las maniobras de retroceso del tren. Voy hacia allí.

En ese mismo instante nos ponemos en marcha.

El interventor me mira, ligeramente extrañado. Luego, se encoge de hombros.

–Bueno… Parece que ya continuamos viaje. De todas formas, voy a intentar hablar con el maquinista antes de llegar a Zaragoza. Todo esto me parece un poco raro, la verdad.

Mientras veo al interventor iniciando el camino que le va a llevar a cruzar el tren de extremo a extremo, no puedo evitar imaginar qué ocurrirá cuando intente ponerse en contacto con la cabina de conducción. Puede que Gordon obligue al maquinista a responder que no pasa nada. Eso sería lo más fácil.

Pero si algo sale mal, si hay un imprevisto o si el interventor sospecha algo, llegaremos a Zaragoza, donde el plan de Gordon entra en su fase decisiva, con todas las alarmas encendidas. Mal asunto.

No acabo de entender que la estrategia de Gordon, tan aparentemente sofisticada, tenga, por otro lado, fisuras tan importantes, que pueden hacerla peligrar fácilmente y en cualquier momento. No lo entiendo.

Pero, en fin... hay tantas cosas que no entiendo.

En ese instante, mientras el interventor Caudé se aleja por el pasillo central de nuestro coche de preferente, a través del cristal de la puerta de salida atisbo un rostro familiar. Lo veo solo un instante porque el tren ya ha adquirido cierta velocidad.

Y lo que veo es que hay alguien ahí fuera, de pie junto a la vía, exhibiendo una sonrisa helada. Contemplando cómo nos alejamos en dirección a Zaragoza.

De inmediato, caigo en la cuenta de que lo que he creído ver resulta, simplemente, imposible. No encaja de ninguna forma con el plan. Resulta tan absurdo que me cuesta tres parpadeos comprender lo que ocurre. Por fin lo hago, y mi primera reacción es echar a correr hasta la siguiente plataforma para intentar asegurarme de que no estoy equivocado.

Y no lo estoy.

Con un nuevo vistazo por la ventanilla, aprovechando el mayor ángulo que me proporciona la curva a la derecha que estamos trazando, tengo suficiente.

Es él, sin duda.

Samuel Gordon nos despide, a pie de vía, sonriente y alzando la mano.

¿Qué está ocurriendo?

¿Por qué se ha apeado Gordon del tren?

¿Qué hay del secuestro previsto tras pasar por Zaragoza? Si él ya no está a bordo, ¿quién va a dirigirlo?

Veo que Madeleine se me acerca. Noto en su mirada almendrada la intuición de que algo no va bien.

–Oye, Sebastián..., creo que tu amigo Gordon, el escocés, se ha bajado del tren ahí, en el intercambiador de ejes.

«¿Y a ti qué te importa, si no sabes nada de lo que está ocurriendo?», siento tentaciones de gritarle. Pero solo logro asentir.

–Sí, me parece que sí, que se ha bajado –digo, con voz de autómata.

–Y... ¿eso no es algo muy raro?

«Por supuesto que es muy raro. Tú no puedes ni figurarte lo raro que es».

De repente, todo lo que me rodea ha adquirido un color inesperado. Nada es como yo pensaba. Todo lo ocurrido hasta ahora carece de sentido. Todo es mentira: las palabras de Gordon, el propio Gordon, los pasajeros, Madeleine, el interventor, el tren...

Siento un pinchazo en el estómago.

¡El tren! ¿Quién conduce el tren? Porque me jugaría un cuarto de millón de libras a que el maquinista titular no está en su puesto.

El desasosiego me debe de salir por los poros porque vuelvo a escuchar la voz de Madeleine. Tiene un timbre de urgencia y de temor.

–¿Va todo bien, Sebastián?

La miro.

Creo que muevo la cabeza antes de decirle:

–No, Madeleine. Justo al contrario. Todo va rematadamente mal.

Ella no gimotea, no grita, no me pide más explicaciones. Solo frunce el ceño y me sujeta la mandíbula con la mano, para obligarme a mirarla a los ojos.

–¡Tenemos que encontrar al interventor! ¡Deprisa! –me dice, tras leer el pánico en mis pupilas.

Y sale corriendo, pasillo adelante; y yo tras ella, trastabillando.

–¡Creo que iba al último coche! –le grito–. Intentaba hablar con el maquinista por un intercomunicador que hay...

–Sí, ya lo sé: en el coche final, para dirigir las maniobras de retroceso.

–Eso... eso es.

Recorremos corriendo el tren de punta a punta, faltos de aliento por culpa de la ansiedad. Al final del coche extremo vemos un pequeño compartimiento con la puerta entornada. Allí está el interventor. Cuando nos asomamos, aún parpadea de asombro, con el micrófono en la mano y un teléfono móvil en la otra.

–No puede comunicar con el maquinista, ¿verdad? –le pregunto.

Se muerde el labio inferior antes de contestar.

–No lo entiendo. El sistema parece funcionar correctamente, pero... no me contesta. He llamado a Zaragoza, a control de circulación, a ver si ellos consiguen comunicarse con él a través del tren-tierra...

Lo tomo por los hombros.

–Escuche, Caudé –le digo, tras leer de nuevo su nombre en la etiqueta de la solapa–. Escúcheme bien. Creo que... el tren está funcionando sin maquinista.

Tras mis palabras, el hombre de Renfe parpadea y, luego, lanza una estrafalaria media carcajada.

–¿Qué dice…? ¿Sin maquinista? Eso… es imposible. ¡Je! Este tren posee varios elementos de seguridad que…

–¡El Hombre Muerto está anulado!

–¿Qué…?

–Y tampoco funciona el ASFA.

Caudé niega con la cabeza.

–Imposible. Imposible. Son sistemas muy seguros. Diseñados precisamente para actuar en caso de emergencia…

–Estarán pensados para casos de emergencia… pero no para eludir sabotajes.

Los ojos del interventor gritan socorro.

–¿Sabotaje? ¡Oh, Dios mío! –y acto seguido desvía la mirada hacia uno de los monitores del vagón–. ¿Me está diciendo que circulamos en dirección a Zaragoza, a ciento ochenta kilómetros por hora… y sin conductor? ¡Le repito que no es posible!

–¡Al contrario! No hay nada más fácil. Con los sistemas de seguridad anulados, este tren no se diferencia demasiado de una antigua locomotora diésel. Solo hay que situar el regulador de potencia en un punto avanzado y saltar de la cabina antes de que haya cogido demasiada velocidad.

–Pero… No, no, no… Es absurdo. Conozco a Fidel de toda la vida. Su padre ya era maquinista en la época del vapor, y él es un ferroviario de cuerpo entero. Jamás haría algo así.

–Dudo de que su amigo Fidel siga en la cabina de conducción. Y si continúa allí, no creo que esté en condiciones de hacer nada para ayudarnos.

Caudé ha roto a sudar. Me mira como si yo fuese un fantasma. Trata de adivinar si estoy intentando engañarle.

Pero sospecho que su intuición profesional le indica que debe creerme.

–En ese caso –decide, de repente–, la única solución es tirar del freno de emergencia. Busquen un asidero y sujétense con fuerza, por favor.

Madeleine lo hace, en un gesto reflejo. Yo ni me molesto.

El interventor se acerca al mando más cercano, de los dos que existen en cada coche. Rompe la protección de plástico, empuña la palanca roja y tira con fuerza de ella hacia abajo.

Como yo ya sabía, la acción del interventor no produce efecto alguno.

–¿Qué demonios...? ¡No funciona! –susurra un incrédulo Caudé, consiguiendo volcar todo su desánimo en esas dos últimas palabras.

–Claro que no –confirmo–. Le he dicho que todos los sistemas de seguridad del tren han sido saboteados. Habría sido muy ingenuo tomarse tantas molestias y dejar intacto el freno de emergencia.

–¿No hay forma de que podamos llegar hasta la cabina de la locomotora? –pregunta entonces Madeleine.

El interventor niega furiosamente mientras blande su inútil tarjetita magnética.

–¡Esos condenados accesos de seguridad! Son peores que cajas de caudales. ¡Estamos perdidos! ¡Seguiremos ganando velocidad hasta que nos estrellemos o nos salgamos de la vía a doscientos por hora! ¡Vamos a morir todos!

–¡Tranquilícese, Caudé! –le recomiendo, imperiosamente–. Y deje de gritar o hará cundir el pánico entre los pasajeros. ¡Y eso es lo último que nos interesa!

–¡Pero...!

–¡Cállese y déjeme pensar!

El hombre calla, sí; pero, pese a ello, yo no acierto a pensar con claridad. Lo único que parece seguro es que el plan que me contó Gordon ya no tiene razón de ser. Nunca la ha tenido, en realidad. Por eso me dio tantas explicaciones, aun las que yo no le había pedido: porque todo era falso. Me contó una película de ciencia ficción donde yo sólo tenía un papel secundario. Ahora lo veo. No hay secuestro alguno. El plan ha de ser otro, completamente distinto. Y mucho me temo que mi participación en él ya no va a ser tan accesoria ni tan cómoda como parecía en un principio.

De pronto, Madeleine me hace ver un detalle crucial.

–Si no recuerdo mal, Gordon subió al tren en Sabiñánigo cargando con una gran maleta. Pero ahora se ha apeado sin equipaje. Esa maleta, por tanto, sigue a bordo.

Tiene toda la razón. Parece mentira que hayamos pasado por alto hasta ahora algo tan evidente. Por ahí hemos de empezar.

–¡Vamos! –digo, tratando de controlar el vértigo–. Tenemos que encontrar la maleta de ese tipo. Una maleta grande, vertical y forrada con tela escocesa. Y tiene que estar en uno de los coches de clase turista.

Salimos los tres en tromba y, sobre la marcha, nos repartimos el trabajo.

–Yo buscaré en este coche y en el siguiente –dice el interventor–. Ustedes vayan a los dos más cercanos a la cafetería.

Madeleine y yo echamos a correr. Entre las miradas cada vez más inquietas de los viajeros, especialmente de aquellos que han captado fragmentos de nuestra conversación, cruzamos a toda prisa los dos últimos coches. Por el camino miramos de reojo los equipajes de las rejillas superiores. Al entrar en el coche número cinco nos repartimos el trabajo. Madeleine presta atención a su izquierda, y yo, a mi derecha.

Es al final de ese coche, ante el espacio previsto como maletero, donde nos detenemos en seco.

–¡Aquí está! –exclama Madeleine.

En efecto. Ahí está, en el hueco inferior, apoyada directamente en el suelo. Resulta inexplicablemente amenazadora para tratarse de un objeto inanimado.

Madeleine y yo cruzamos una mirada de absoluta desazón. No hay duda de que ambos coincidimos en imaginar lo que contiene la maleta del escocés.

–¿Qué hacemos? –pregunta ella.

Acerco la oreja. No se oye nada.

–Voy a intentar echar un vistazo al interior –digo.

–¡Estás loco! –grita Madeleine–. Podrías... Bueno, ya sabes.

–Sí, ya sé. Si es una bomba, podría hacerla estallar. Pero vamos en un tren sin control, a casi doscientos por hora. Por lo tanto, el tiempo es un factor escaso. Y si se trata de una bomba, no creo que Gordon la haya dejado aquí con otra intención que la de hacerla estallar. Así que no tenemos mucho que perder.

–La vida, nada más. Si te parece poco.

–No me parece poco. Pero, al menos, solo se muere una vez.

La tapa de la maleta, asegurada mediante una cremallera de doble dirección, mira hacia el lado derecho.

Algunos pasajeros se han acercado a nosotros movidos por la curiosidad; pero en ese momento aparece Caudé, el interventor, y les ruega con firmeza que regresen a sus asientos. Luego, me mira, aterrado.

–Esta es –le confirmo–. Voy a tratar de echar un vistazo al interior. Necesito una linterna.

De inmediato me entrega la suya, poco mayor que un bolígrafo.

Con el corazón encabritado, sujeto una de las hebillas de la cremallera y voy tirando de ella muy poco a poco. Tras deslizarla con mimo por el lateral superior hasta la primera esquina, meto dos dedos a través de la abertura e introduzco por ella el haz de luz de la linternita. Con la garganta palpitando de miedo, acerco el ojo izquierdo, mi ojo bueno, dispuesto a echar un vistazo al interior. Logro distinguir un manojo de cablecitos de colores, que parten de un artilugio electrónico del tamaño de un cartón de tabaco, en el que parpadea un *led* de color rojo. A su lado, algo parecido a una funda de puro habano, clavado en una masa que recuerda a la plastilina. El resto de la maleta, más de tres cuartas partes de su volumen, lo ocupa un bloque formado por cilindros forrados de papel marrón claro cuajados de advertencias rotuladas en rojo. No hay que ser muy listo para imaginar de qué se trata.

–A mí me parece una bomba –digo en voz baja, mientras retrocedo, bañado en sudor–. Una bomba de tamaño más que considerable.

–¡Dios mío...! –exclama el interventor–. ¡Hay que encontrar el modo de detener el tren como sea y evacuar a los pasajeros inmediatamente!

–Sin duda. Pero me temo que eso no va a ser fácil.

En ese momento, suena un teléfono móvil y los tres damos un respingo. Es el aparato del empleado de Renfe.

–¿Sí...? Sí, soy Caudé. ¿Qué pasa...? No hay respuesta, ¿eh? Ya, ya lo imaginaba... Escucha... escúchame bien, Badules, porque aquí la situación es grave: por lo visto, no llevamos maquinista o está fuera de combate... ¡Calla, por Dios, y escucha! Por alguna razón, no funciona el Hombre Muerto ni tampoco el ASFA, de modo que este maldito tren no se va a detener hagáis lo que hagáis desde ahí. Nos dirigimos a toda marcha hacia Zaragoza y resulta imposible acceder a la locomotora. ¿Lo has entendido? ¿Qué...? ¿Que si eso es todo? ¡Pues, mira, no! ¡No es todo! Además de eso, llevamos una bomba a bordo... ¿Una broma? ¿Me crees capaz de bromear con una cosa así? ¡Por supuesto que no es ninguna broma! En el coche número cinco, camuflada en una maleta de cuadros escoceses. Necesitamos ayuda urgente. Necesito instrucciones. Necesito una solución para esto o aquí vamos a morir todos. ¿Está claro?... Bien. Bien, espero...

Con el aparato pegado a la oreja, el interventor vuelve a elevar la mirada hacia los monitores de información. Al hacerlo, levanta ligeramente las cejas.

–No pasamos de ciento ochenta kilómetros por hora –murmura, con cierta sorpresa.

–¿Le parece poco? –pregunto.

–Quiero decir que no vamos a toda velocidad. Este tren puede alcanzar los doscientos veinte por hora, pero nos mantenemos en ciento ochenta, que es prácticamente la velocidad comercial en este tramo.

En la pantalla, además del plano del recorrido y de la velocidad, el sistema GPS informa de la hora prevista de llegada a Zaragoza: las 13:02. Dentro de ocho minutos.

–Eso está bien, ¿no? –replica Madeleine a las explicaciones del interventor–. Al menos, no corremos el peligro de descarrilar por exceso de velocidad.

Caudé asiente en silencio. Está cada vez más pálido. Una voz en el auricular de su teléfono le despeja de nuevo.

–¡Sí, adelante, dime, dime!... ¿Qué...? ¡No me fastidies, Badules! ¡Tirar del freno de emergencia es lo primero que se me ha ocurrido!... ¡Pues claro que no funciona! ¿No te he dicho que la cosa es muy grave?... ¡Pero...! Bien. Bien, de acuerdo. De acuerdo...

Cuando el hombre cuelga el teléfono y nos mira, le han aparecido ya dos profundas ojeras bajo los párpados inferiores.

–¿Qué dicen?

–Que me llamarán en cuanto evalúen la situación y tengan un plan –responde, como si estuviese leyendo nuestra sentencia de muerte.

Madeleine me mira intensamente. Es la única de los tres que parece no tener miedo. La única que parece capaz de pensar con frialdad. La única que parece capaz de tomar las riendas.

–Si nuestra velocidad, por el momento, no supone un peligro, está claro que nuestro problema principal es la bomba –deduce–. Deberíamos centrarnos en ello. Y, lo primero, tendríamos que alejar todo lo posible a los pasajeros de una posible explosión. ¿Cuánta gente viaja a bordo?

–En este momento... noventa y seis personas –responde el interventor en un susurro, consultando sus notas–. Sin contar a Fidel, el maquinista.

–La bomba está situada prácticamente en el centro del tren. ¿Podríamos agrupar a los pasajeros en los dos coches extremos?

–Supongo que sí, unos sentados y otros de pie.

–Entonces, adelante.

–Le pediré ayuda a Tomás, el camarero de la cafetería.

–¡Espere! –digo–. Es preferible reunir a los viajeros en los tres coches de cabeza; los de clase preferente.

–Pero el coche de cola está más lejos de la bomba...

–¡No! No. Tenga en cuenta la velocidad del tren. Si se produce la explosión con el tren en marcha, los coches de cola avanzarán a ciento ochenta kilómetros por hora contra la onda expansiva, aumentando su fuerza, mientras que la locomotora y los coches de cabeza se alejarán de ella a esa misma velocidad. Serán los coches de clase turista los que lleven la peor parte, sin ninguna duda.

Madeleine me mira con dureza y niega.

–No, Sebastián. El tren es un sistema independiente.

–¿Un qué?

–Digo que la bomba viaja a la misma velocidad que nosotros, con nuestra misma inercia; por tanto, es indiferente estar delante o detrás. Lo importante es la distancia a la que nos encontremos de la explosión.

–¿Eso lo enseñan en la Escuela de Magisterio?

–Eso es física de Bachillerato.

Seguramente tiene razón, de nuevo. Esta chica está resultando listísima, para ser una simple profesora de francés.

–De acuerdo, de acuerdo –digo–. Es posible que estés en lo cierto. Pero... si tras la explosión la locomotora se mantiene sobre la vía, las posibilidades de sobrevivir serán mayores en los coches que permanezcan unidos a ella. Si el tren se parte por el punto de la explosión, los de cola descarrilarán inevitablemente. Y lo harán a toda velocidad.

–Cierto. Pero solo si el tren se parte –replica Madeleine.

–La bomba está muy cerca del extremo del coche número cinco –le explico–, prácticamente en la unión de este con la cafetería y sobre uno de los ejes. Es una zona débil. Si la explosión se produce ahí, el tren se partirá en dos, con toda seguridad.

Madeleine suspira.

–Vale. De eso sabes más que yo.

–¿Qué hago entonces? –pregunta el interventor.

–Hágale caso –acepta Madeleine–. Concentre a los pasajeros en los coches de preferente. Nosotros vamos a inspeccionar de nuevo la bomba.

–¿Y qué les digo? –pregunta el empleado de Renfe–. No puedo pedirles que abandonen sus asientos sin darles una explicación convincente.

Madeleine y yo nos miramos.

–Cierto –dice ella–. Yo sería partidaria de decirles la verdad. La situación es grave, pero puede complicarse aún más. En caso de emergencia reaccionarán mejor y más rápidamente si saben a lo que se enfrentan.

Cuando Madeleine y yo nos plantamos de nuevo ante la maleta de cuadros escoceses, el trasiego de pasajeros ya ha comenzado. Hay gritos histéricos, protestas, algún que otro llanto... Faltan seis minutos para la llegada a Zaragoza.

–No lo entiendo –dice Madeleine de pronto, frunciendo el ceño encantadoramente.

–¿El qué?

–Si todo lo que pretendía Gordon era volar el tren... ¿por qué se ha tomado tantas molestias? Anular los sistemas de seguridad, acabar con el maquinista... no tiene ningún sentido. Le bastaba subir la bomba a bordo en cualquier estación, bajarse en la siguiente tras activar un mecanismo de relojería y... listo. Sin riesgo, sin problemas... En lugar de eso, ha montado una operación complejísima, calculada al milímetro. ¿Para qué? No tiene mucho sentido.

Madeleine, una vez más, ha puesto el dedo en la llaga. Efectivamente, esto no puede ser así de simple. Sin duda, no lo estamos viendo claro. El plan de Gordon va más allá de lo aparente. Seguro. Pero la muerte nos está acariciando con la punta de su capa y eso nos impide pensar con nitidez. Para esquivarla, para burlar a la muerte, precisamente es eso lo que hemos de intentar: pensar fríamente. Primero, intuir qué es lo que realmente está ocurriendo. Luego, dar con el resquicio que nos permita escapar.

–Tienes razón –admito, con una contracción del estómago–. Si Gordon solo pretendiese volar el tren, lo habría hecho ya. De manera que no se trata de eso. Al menos, no se trata solo de eso… De modo que… ¡tal vez quiera que la bomba estalle en un momento y en un lugar determinados! Por eso ha anulado los sistemas de emergencia del tren. ¡Quiere que continúe su marcha hasta llegar al lugar escogido para la explosión!

–¡Exacto! –corrobora Madeleine–. La pregunta es: ¿cuál es ese lugar? ¿La estación de Zaragoza quizá? Eso podría causar muchas más víctimas.

–¡No, no, no! Estamos en las mismas: para hacer estallar la bomba en la estación no necesitaba anular los sistemas ni dejar el tren sin control. Bastaba un buen temporizador, o un control remoto.

–Cierto. ¿Entonces…?

Eso es. Entonces… ¿qué?

Y, de repente, en una secuencia rapidísima, lo veo todo claro. El escalofrío es tan intenso que me dobla las rodillas. Tengo que apoyar una mano en la pared mientras me llevo la otra a la cabeza.

–¡Oh, Dios mío…! ¡Ya lo sé! ¡La explosión será en el túnel!

–¿Túnel? ¿Qué túnel?

Miro la pantalla del monitor de trayecto. Señala cuatro minutos para la llegada a Zaragoza-Delicias

–¡El interventor! –grito, mientras salgo corriendo–. ¿Dónde está el interventor? ¡Caudé! ¡Caudé!

Me parece distinguir su uniforme dos coches más allá, a través del cristal de las puertas.

Me tiemblan las piernas y no acierto a pulsar el botón de apertura. Por suerte, llevo a Madeleine pegada a mi espalda y ella lo hace por mí.

Caudé se vuelve hacia nosotros; y ha debido de ver tan claramente la urgencia en mi rostro, que deja con la palabra en la boca a los pasajeros que atendía y corre a nuestro encuentro.

–¿Qué pasa ahora? –me dice, empujándome hasta la plataforma y cerrando la puerta de separación para evitar que los viajeros puedan oírnos–. ¿Qué pasa?

–¡Ya sé lo que va a ocurrir! ¡Ya lo sé! Ese tipo lo ha calculado todo perfectamente. Según el GPS –digo, señalando la pantalla del monitor más cercano–, vamos a llegar a la estación de Zaragoza a la una y dos minutos.

–Sí. ¿Y qué?

–Eso significa que... ¡nos cruzaremos dentro del túnel que atraviesa la ciudad con el AVE de Barcelona que habrá salido dos minutos antes, justo a la una, en dirección contraria!

–Eeeh... Sí, es cierto.

–Pues bien... si en ese momento estalla la bomba... provocará una auténtica hecatombe. La bóveda del túnel encañonará la onda expansiva, multiplicando su fuerza. ¡No tendremos ninguna posibilidad de salvación! Ni nosotros, ni los pasajeros del AVE.

–Un momento... –dice Madeleine–. A esta velocidad, el cruce con el AVE no puede durar más de cuatro o cinco segundos. Es imposible que Gordon haya calculado con tanta precisión el momento de la explosión.

–¡Claro que no! –grito, recordando las operaciones que realicé en la cabina de conducción–. La bomba no lleva un temporizador. ¡Gordon colocó una célula fotoeléctrica en una de las ventanillas de la locomotora! Solo ha tenido que encontrar el modo de instalar otra igual en el AVE. Cuando los dos trenes se crucen y ambas células se miren, se cerrará el circuito. ¡Eso hará estallar la bomba!

Caudé se tambalea. El sudor le hace brillar el rostro como el de una estatua de bronce.

–¡Santo cielo...! –farfulla–. Aquí somos casi cien... ¡pero el AVE lleva más de cuatrocientos pasajeros a bordo!

Madeleine, sin contemplaciones, le arranca el teléfono móvil que lleva prendido del cinturón y lo agita delante de su cara.

–¡Llame a Zaragoza! ¡Tienen que detener la salida de ese AVE!

Durante un larguísimo segundo, el empleado de Renfe mira a la francesa como si fuera una aparición demoníaca.

–¡Vamos! –grita la chica, con una firmeza que pocos le habrían achacado a primera vista.

–Sí. Sí, tienes razón. Es la única solución –admite el hombre–. Aunque... mucho me temo que ya sea tarde.

En este mismo instante, como una confirmación de lo tenebroso de nuestro destino inmediato, nuestro tren se zambulle a casi doscientos por hora por la boca oriental del túnel que atraviesa el subsuelo de Zaragoza.

Siete kilómetros. Apenas dos minutos para el fin.

Segunda parte:
Sin control

Mateo Villanueva

Mateo Villanueva llevaba casi dos años como jefe de emergencias en Zaragoza-Delicias. Hasta ahora había tenido suerte. De momento podía presumir de no haber tenido que llamar al familiar de ninguna víctima mortal para comunicarle la mala noticia. El incidente más grave con el que había tenido que lidiar tuvo como protagonistas dos trenes de mercancías que se encontraron en la ronda sur, en un tramo de vía única, circulando en sentido contrario. Aunque los maquinistas no habían podido evitar el choque, este se había producido a baja velocidad y ambos conductores habían logrado saltar a tiempo de sus respectivas locomotoras. Uno salió prácticamente ileso y el otro sufrió lesiones que requirieron dos semanas de hospitalización. Total, prácticamente nada.

Mateo comía siempre muy pronto, para las costumbres españolas, se entiende: en torno a la una de la tarde. Esa mañana iba ya camino de uno de los restaurantes de la estación cuando su teléfono móvil comenzó a vibrar enloquecidamente. Al contestar, las atropelladas explicaciones que Simón Badules, uno de los controladores de circulación, le dio sobre una llamada del interventor del Talgo 331 alertando sobre la imposibilidad de comunicarse con el maquinista de su tren le parecieron tan confusas que optó por someterlas al filtro del inmediato superior del joven.

–Mira, Badules, habla con Algar, el jefe de control de tráfico, y que él decida. Yo ya me iba a comer, ¿sabes?

–Es lo primero que he hecho, don Mateo. Y el propio señor Algar es quien me ha pedido que le llame y le vaya explicando la situación mientras usted viene hacia aquí a toda leche.

Mateo se detuvo en seco.

–¿Fede Algar ha dicho «a toda leche»?

–Sí, señor.

Conocía a Federico Algar desde hacía media vida. Jamás se permitía una palabra malsonante. Si había dicho «a toda leche», es que tenía un problema. Un verdadero problema. Algo grave.

Sin dudarlo un instante, Mateo giró sobre sus talones y echó a correr hacia el centro de control de circulación. Antes de llegar alzó la vista, y los aspavientos y las carreras que contempló entre el personal de servicio a través de la gran cristalera que se asomaba al vestíbulo principal de la estación lo convencieron de que ese día se quedaría sin comer.

Cuando Mateo, tras subir de cuatro zancadas los dos tramos de escaleras que conducían al primer piso de la estación, hizo su entrada en la dependencia, Federico Algar atendía personalmente la segunda llamada del interventor del tren 331, procedente de Canfranc.

FEDERICO ALGAR

El jefe de circulación de Zaragoza era un hombre despierto. Conocía desde hacía tiempo a Javier Caudé y le tenía aprecio. El interventor no le dio prácticamente ninguna explicación. Solo le pidió, con la voz alterada por el miedo y la urgencia, que impidiese la salida del AVE que estaba a punto de iniciar viaje a Barcelona. Para entonces, Algar ya estaba al tanto de que los esfuerzos por comunicarse con el maquinista de ese tren en los últimos diez minutos habían resultado infructuosos, así que en ese momento ya no tenía duda alguna de que, fuera lo que fuese lo que ocurría a bordo del 331, se trataba de algo inusual y, posiblemente, grave.

Sin cortar la comunicación con Caudé, el jefe de circulación corrió a la cristalera desde la que se dominaban los andenes de la estación de Delicias. Podía haber comprobado los paneles electrónicos que señalaban mediante lucecitas de colores la posición de todos los trenes que circulaban por la zona bajo su control. Pero le pareció mucho más directo lanzar una mirada a la vía dos.

Y, en efecto, con más precisión de la que podía ofrecerle cualquier indicador, pudo comprobar que el AVE 4607 con destino Barcelona había iniciado ya la marcha. Solo llegó a tiempo de comprobar cómo su parte posterior desaparecía de la vista al final del andén, tragada por la boca occidental del túnel suburbano.

–El AVE ha salido ya, Javier –dijo Algar–. ¿Me puedes explicar qué es lo que ocurre?

Javier Caudé llenó de aire sus pulmones dificultosamente. Era consciente de que se encontraba en la peor encrucijada profesional de su vida y deseaba más que nada en el mundo ser capaz de tomar las decisiones correctas. Junto a él, aquellos dos pasajeros de los que no sabía si podía fiarse: la joven francesa con aspecto de actriz de cine y el tipo con pinta de bailarín gitano.

Por un momento, Caudé pensó que se equivocaba con ellos, que estaba siendo víctima de un engaño, de una broma macabra y con oscuros fines. Pero si el gitano y la francesa tenían razón, el tiempo se acababa. La decisión debía ser inmediata.

Pese al miedo, el interventor del Talgo XXI fue capaz de sintetizar el problema en una sola frase.

–Llevamos una bomba a bordo. Estallará cuando nos crucemos en el túnel con el AVE de Barcelona.

Al otro lado de la línea telefónica, Federico Algar sintió simultáneamente un feroz escalofrío y un aumento vertiginoso del ritmo cardíaco.

–Entendido.

No pidió confirmación. No dudó ni por un segundo de que el interventor tenía motivos para efectuar semejante afirmación, así que, sin perder un instante, corrió al pupitre de comunicaciones tren-tierra, alertando de camino al operario con sus gritos.

–¡Luis! ¡Ponme con el maquinista del AVE! ¡Deprisa!

–¿Con cuál?

–¡El que acaba de salir! El... el... –Federico buscó la información en el panel principal– ¡... el cuarenta y seis cero siete!

El operador del sistema oprimió en su pupitre dos teclas, que se iluminaron, y tendió a su superior un micrófono de mano.

–¿Cómo se llama?

–¿Quién?

–¡El maquinista del AVE!

–Julián. Julián Gil –respondió el operario, tras mirar un estadillo.

–¡Atención, conductor del AVE cuarenta y seis cero siete! –gritó Algar al aparato–. ¡Julián! ¡Julián atiende! Soy Federico Algar, el jefe de circulación de Zaragoza. ¡Detente de inmediato! ¿Me oyes? ¡Haz alto con tu tren de inmediato y retrocede a toda velocidad! ¡Es una emergencia! ¡Retrocede!

–¿Qué pasa...? –se escuchó por el altavoz.

–¡Obedece y no discutas, maldita sea! ¡Un Talgo sin control avanza por el túnel hacia ti! ¡Hay peligro de colisión frontal! ¡Retrocede ahora mismo!

–¡Dios mío! –se oyó gemir al conductor del AVE, mientras accionaba todos los frenos del tren, tanto hidráulicos como reostáticos.

El tren de alta velocidad, que marchaba ya a ochenta kilómetros por hora, se detuvo todo lo bruscamente que puede hacerlo una masa de doscientas toneladas circulando sobre raíles. El ABS de última generación gestionó impecablemente la fuerza de la frenada sobre los cuatro enormes discos acoplados a cada eje. En sus asientos, los pasajeros cruzaron inquietas miradas, extrañados por la brusquedad de la maniobra en un tren cuya marcha siempre resultaba suave como el terciopelo.

En el centro de control de Delicias, Mateo Villanueva comprobó la situación de las lucecitas que indicaban la posición de los dos trenes y, en la distancia, interrogó a su compañero con la mirada.

Federico Algar le hizo un gesto, tratando de responderle que sabía lo que hacía.

–El AVE se ha detenido –indicó Mateo–. ¿Qué está pasando?

–¡Retrocede, AVE cuarenta y seis cero siete! –gritó el jefe de circulación estrujando el micrófono entre las manos–. ¡Julián, maldita sea! ¡Retrocede a máxima velocidad!

–¡Debo cambiar el pantógrafo...!

–¡No cambies nada, Julián! ¡No hay tiempo! ¡Acelera a fondo!

Villanueva se había acercado a su compañero hasta poder hablarle en un susurro.

–¿A qué viene esto, Fede? No existe peligro de colisión.

–Ya lo sé. Pero no hay tiempo para explicaciones. Una colisión frontal es algo ante lo que cualquier maquinista del mundo reacciona de inmediato.

–A mí me lo explicarás luego, supongo.

–Espero poder explicártelo y que no lo tengas que ver con tus propios ojos.

–¡Ya veo las luces del Talgo! –escucharon gritar entonces al maquinista del AVE–. ¡Viene muy deprisa! ¡Dios mío, no creo que pueda evitar la colisión!

–¡Acelera a fondo! –insistió Federico Algar, como si con ello pudiera ayudar a ganar potencia al tren de alta velocidad.

–¡Ya lo hago, ya lo hago! ¡Regulador al máximo! –gritaba el conductor–. ¡Pero se me echa encima! ¿Por qué ese Talgo circula tan deprisa por el túnel? ¡No lo voy a conseguir! ¡Se nos va a tragar...!

Se produjo entonces un silencio dramático. No fue largo. Tan solo un puñado de segundos en el que todos los operadores de la sala, pendientes ya de la emergencia, contuvieron la respiración. Inesperadamente, volvió a escucharse la voz del maquinista del AVE.

–Un momento... ¡Control, tenéis un error! El Talgo viene por la otra vía. ¡No existe peligro de colisión!

–¡Sigue acelerando, Julián! –fue la réplica de Federico Algar–. ¡Sigue acelerando al máximo! ¡No dejes que el Talgo te rebase! ¡Repito: no permitas que se empareje con tu tren!

–Pero…

–¡Y no te detengas al entrar en la estación! ¿Me has entendido? ¡Cuando salgas del túnel, sigue acelerando y no te detengas hasta nueva orden! ¡Te despejamos el camino a tu espalda! ¿Entendido?

–¡Entendido, entendido! ¡Continúo acelerando en retroceso!

–¡Eso es!

El conductor del AVE había roto a sudar a pesar del sofisticado acondicionamiento del aire de la cabina. No era para menos.

Además de ese peligro misterioso, invisible, que no acababa de comprender y que tan nervioso parecía poner al jefe de circulación, retroceder a toda velocidad por el túnel de acceso a una gran estación en plena actividad, conduciendo una rama de AVE 350 atestada de pasajeros, violaba todas y cada una de las más elementales normas de seguridad ferroviaria. La situación le producía el mismo vértigo que asomarse a un acantilado.

Pese a la impresionante aceleración que los potentísimos motores trifásicos proporcionaban al tren de alta velocidad, su conductor pudo comprobar desde la cabina de conducción cómo la locomotora y los cuatro primeros coches del Talgo XXI, circulando por la vía paralela, rebasaban su posición. Sin embargo, la diferencia de velocidad entre ambos trenes se reducía con rapidez. Julián consultó el velocímetro de su pupitre de mandos, donde el extremo de la aguja se desplazaba por la escala del círculo sin titubeos, acariciando cifras cada vez mayores: ciento setenta… ciento setenta y cinco… ciento ochenta…

Por fin, las velocidades de ambas composiciones se equilibraron y, durante unos pocos segundos, los dos trenes circularon en paralelo por el interior del túnel suburbano, provocando escalofriantes turbulencias de aire, en una circunstancia seguramente nunca prevista por quienes diseñaron la instalación ferroviaria.

En el Talgo se había instalado un silencio expectante, traducido solo en miradas cargadas de temor.

Los pasajeros del AVE, por el contrario, habían convertido su inicial sorpresa en gritos de alarma que apenas eran nada comparados con los aullidos provocados por el aire exterior, aprisionado en el reducido espacio existente entre las estructuras de los trenes y la bóveda del túnel y que semejaban los alaridos de un monstruo de pesadilla. O quizá la voz aguda de la propia Muerte.

Así debió de creerlo Julián Gil. El maquinista, que había comenzado a respirar entrecortadamente, trataba de mantenerse lúcido, de pensar con claridad, mientras el miedo le golpeaba una y otra vez, amenazando con nublarle el buen juicio justo cuando más lo necesitaba, justo cuando tenía que lidiar con esa situación de peligro inminente que conforma la peor pesadilla de cualquier ferroviario.

Los torbellinos se deshicieron en un estampido sordo y terrible cuando ambos convoyes irrumpieron en la estación de las Delicias, cruzándola de parte a parte como una exhalación, uno por cada lado del tercer andén, en medio de un estruendo colosal y ante el pasmo de viajeros, vigilantes y paseantes, algunos de los cuales lo confundieron con el fin del mundo y se arrojaron al suelo presas del pánico.

Para entonces, el AVE ya superaba la velocidad del Talgo diésel y le ganaba terreno, deshaciendo poco a poco el emparejamiento, ese abrazo que había estado a punto de convertirse en mortal.

Porque ni Javier Caudé, ni Sebastián Valverde, ni Madeleine Gilet, ni Federico Algar, ni Mateo Villanueva, ni Julián Gil, ni ninguno de los pasajeros del Talgo o del AVE llegaron nunca a saber lo cerca que habían estado del desastre total.

Tal como Sebastián había imaginado, una célula fotoeléctrica gemela de la colocada por Gordon en el Talgo había sido fijada sobre el cristal de la puerta de emergencia del coche cafetería del AVE por un viajero madrugador que, en el último momento, había decidido no realizar el viaje. La cabeza tractora del Talgo XXI llegó a ponerse a la altura de la unión de la cafetería y el último coche de preferente del tren de alta velocidad, antes de que la violenta maniobra de inversión de marcha llevada a cabo por el maquinista evitase, por muy poco, el cruce completo de los trenes. Las dos células fotoeléctricas llegaron a estar a menos de tres metros de distancia antes de empezar a separarse. De haber llegado a situarse una frente a la otra, de haberse lanzado entre ellas una mirada de tan solo una milésima de segundo, el circuito electrónico se habría cerrado activando la bomba colocada por Gordon y provocando una catástrofe de dimensiones escalofriantes y de consecuencias inimaginables.

Julián, el maquinista del AVE, volvió a ver pasar a su lado, ahora retrocediendo con respecto a su posición, el primero de los coches de clase turista, el coche cafetería, los tres preferentes y, por fin, la locomotora 355 del Talgo XXI, al que la rama de alta velocidad, siempre en plena aceleración, muy pronto logró dejar atrás. El conductor tuvo tiempo, sin embargo, de cerciorarse de un hecho aparentemente inconcebible.

–¡Atención, control de Zaragoza! Aquí AVE cuarenta y seis cero siete. Ya sé que resulta difícil de creer, pero... me ha parecido que ese Talgo no llevaba maquinista. Repito: no he visto maquinista alguno a los mandos de la locomotora del Talgo.

La respuesta tardó en llegar cuatro o cinco segundos.

–AVE cuarenta y seis cero siete. Aquí, control de Zaragoza. Estamos al tanto de esa circunstancia. Gracias por la confirmación.

–Necesito instrucciones, control de Zaragoza. Tengo todas las alarmas en rojo y todos los sistemas automáticos pidiendo tomar el mando del tren. ¿Cuánto tiempo debo seguir retrocediendo?

–Puedes reducir ya a doscientos kilómetros por hora. Al rebasar el desvío de la ronda sur, comienza a frenar. Luego, regresa a la estación a marcha lenta. El peligro para vosotros ya ha pasado.

–¿Qué va a ocurrir con el Talgo?

–De momento, lo vamos a desviar por la ronda sur. Estamos estudiando cómo detenerlo.

–He visto que lleva pasajeros a bordo. Parecían estar todos concentrados en los coches de cabeza. Entre la locomotora y la cafetería.

–Gracias de nuevo por la información, Julián. Y enhorabuena por la maniobra.

–Gracias. ¿Alguien me contará más tarde qué es lo que ha ocurrido?

–Por supuesto. A su debido tiempo.

13.05

Mateo Villanueva, una vez al corriente de la situación, había comenzado a dar órdenes como un poseso en el centro de control de circulación, codo con codo con Federico Algar.

–Detened a todos los mercancías de la línea de Valencia –indicó a los controladores de servicio–. Que entren en vía apartada en la primera estación que encuentren en su camino. Quiero la vía principal y todas las de rebase despejadas por lo menos hasta Teruel.

Los controladores pusieron manos a la obra, retransmitiendo órdenes precisas a los maquinistas de todos los convoyes afectados.

Enseguida se alzó la mano de Simón Badules, hacia quien corrieron los dos jefes.

–¿Qué hacemos con el trescientos treinta y dos? –preguntó el operador, señalando un punto luminoso en su pantalla.

Mateo y Federico desviaron la vista hacia el panel general de control. El Talgo 332 era el denominado «ascendente». Gemelo del 331, el protagonista de la crisis, realizaba su mismo trayecto en sentido contrario. En esos momentos circulaba aproximadamente a medio camino entre Teruel y Zaragoza.

El jefe de emergencias comprobó personalmente la situación del tren.

–Indícale que retroceda hasta Caminreal y se estacione en vía apartada –ordenó Villanueva a Simón Badules–. Y quiero a los pasajeros fuera de ahí lo antes posible. Que les busquen un autobús y los lleven por carretera a sus destinos.

–¿No esperamos a comprobar cómo se resuelve el incidente, jefe? –objetó el controlador–. Puede ser cuestión de muy pocos minutos. Y ya sabe usted el mal ambiente que nos ocasionan los traslados en autobús.

–Ni hablar –respondió Villanueva, mientras volvía a coger el teléfono–. Hasta ahora hemos tenido suerte y vamos a procurar seguir así. Quiero a esos viajeros lo más lejos posible del camino del otro tren. Llama también a Protección Civil. Que intenten evitar que alguien se acerque a la vía al paso del tres treinta y uno. Y que desalojen de inmediato todas las estaciones del trayecto hasta que el Talgo las rebase.

–Son ciento ochenta kilómetros de línea… –murmuró el operador.

–¡Ya lo sé! –exclamó Villanueva–. Nosotros les avisamos y ellos que hagan lo que puedan. Que traten de alejar a la gente de las vías al menos en todas las estaciones, apeaderos y pasos a nivel.

Cuando comprobó que Simón Badules había tomado buena nota de sus indicaciones, Mateo Villanueva se llevó de nuevo a la oreja el teléfono móvil que le comunicaba con el interventor del Talgo.

–Caudé, ¿sigues ahí?

–Sí, sí, sigo. Seguimos todos.

–¿Cuál es la situación?

–Todo igual. Los pasajeros están muy asustados, pero… están reaccionando muy sensatamente. No he tenido con ellos ningún problema. Al menos por ahora. El tren sigue circulando a ciento ochenta por hora, según el GPS. He comprobado que perdemos velocidad en las rampas y la ganamos en las pendientes, lo que significa que no funciona el control automático de velocidad. Quizá también haya quedado anulado. No tenemos medio alguno de acceder a la locomotora. Si alguien ahí tiene una idea al respecto, que nos la explique cuanto antes. Ah, y seguimos llevando una bomba en el coche número cinco.

–Una buena evaluación, Javier. Gracias.

–De nada, pero… ¿cómo piensan detenernos?

El jefe de seguridad carraspeó suavemente.

–Lo estamos… valorando.

–O sea, que no tienen ni idea.

–Hasta ahora nos habíamos centrado en ganar tiempo y ya lo tenemos. Os hemos enviado por la vía de Teruel. Hemos despejado el camino y no hay peligro de colisión ni de descarrilamiento. Trata de que los pasajeros mantengan la calma. Te volveré a llamar cuando tengamos más claro el plan de acción.

–Dense prisa. A esta velocidad, el tiempo se consume muy rápido.

–Lo sabemos.

–Una cosa más: ¿se sabe algo de Fidel, nuestro maquinista?

Mateo lanzó la pregunta a los miembros de su equipo, que, en un principio, negaron. Sin embargo, en ese mismo instante, uno de los controladores de tráfico se acercó hasta ellos con la última información.

–Lo acaban de encontrar. Alguien lo arrojó del tren junto al intercambiador de ejes de Zuera. Sufre algunas heridas, pero está fuera de peligro.

–Me alegro por él –respondió Caudé–, aunque eso confirma nuestra mala situación: sin maquinista y sin posibilidades de acceder a la locomotora.

–Daremos con la solución, no te preocupes.

–Eso espero.

13:08

Cuando el interventor colgó el teléfono móvil, se encontró ante sí con un panorama desolador, con todos los pasajeros del tren Talgo pendientes de sus palabras. Y sin saber qué decirles.

–Pronto tendremos noticias –fue todo lo que se le ocurrió–. Media Renfe está pendiente de nosotros y buscando una solución.

Extrañamente, nadie replicó. Quizá estaban tan asustados que preferían refugiarse en sus pensamientos. O tal vez la sensación de peligro se había disipado un tanto, tras salir bien de la escalofriante partida del gato y el ratón jugada apenas unos minutos antes con el AVE de Barcelona en el interior del túnel suburbano. En aquel momento sí, quien más y quien menos, todos habían percibido, envueltos por el pánico, la proximidad de la muerte; todos habían sentido crujir y retorcerse la estructura del tren; todos habían escuchado el rugido de los torbellinos que parecían estar pregonando un desastre que, milagrosamente, no había llegado a producirse.

Ahora quizá pensaban que, tras escapar de aquel infierno, el verdadero peligro había pasado. Circulaban camino de Cariñena, por terreno despejado y sobre buena vía, sin más vaivenes ni traqueteos que los habituales en cualquier otro viaje.

Quizá por eso nadie replicó.

Solo Madeleine Gilet se dirigió al interventor.

–¿No sería posible deshacernos de esa bomba?

Javier Caudé se encogió de hombros.

–Yo no sé nada de bombas, señorita.

–¿No podríamos abrir una puerta y, simplemente, arrojarla fuera? –propuso ella.

–No. Con el tren en marcha, es imposible abrir las puertas. Ni aun anulando el circuito hidráulico. Poseen pestillos mecánicos que solo retroceden con el tren completamente detenido.

–Pero sí podríamos, por ejemplo, romper un ventanal de emergencia.

El interventor se pasó una mano por la frente, un tanto abrumado por la insistencia de la francesa en causar destrozos a toda costa en aquel precioso tren.

–Pues... sí, desde luego –aceptó Caudé–. Eso siempre es posible, claro está. Aunque, la verdad, antes de pensar en manipular una bomba, creo que deberíamos valorar la posibilidad de parar el tren y alejarnos todos corriendo monte adelante. Por fortuna, esto no es un avión. Si encontramos el modo de detenerlo, estaremos todos a salvo.

Madeleine asintió lentamente.

–Supongo que tiene usted razón. Solo quería contemplar otra posibilidad. En cuanto a lo de parar el tren... ¿Está seguro de que no es posible acceder a la locomotora por ningún medio? –preguntó.

–A mí, por lo menos, no se me ocurre cómo –reconoció Javier Caudé–. El único acceso a la cabina supone atravesar dos puertas de seguridad. Pero el sistema de apertura está estropeado o ha sido anulado desde el interior.

–¿No podemos forzarlas?

–No lo creo. Son dos auténticas escotillas blindadas. Necesitaríamos material especializado.

–¿Y no sería posible... que alguien saliese al exterior tras romper una ventanilla y avanzase sobre el tren hasta las puertas laterales de la cabina de conducción? –preguntó entonces una Madeleine que parecía dispuesta a no darse por vencida hasta agotar todas las posibilidades imaginables.

Esta vez fue Sebastián Valverde el que echó rotundamente por tierra la idea.

–Aun con el tren parado, eso ya sería una acrobacia digna de los equilibristas del circo «Atlas». Circulando a esta velocidad resulta absolutamente imposible. Intentarlo supondría un suicidio seguro. Tanto el tren como la locomotora son lisos y aerodinámicos. No hay asideros ni pasarelas ni resaltes de ningún tipo, ya que producirían grandes turbulencias a altas velocidades. No hay nada donde agarrarse.

–Pues Tom Cruise en *Misión imposible...*

–Ya, ya... También yo he visto la película. Si encuentras a Tom Cruise entre los pasajeros y quiere repetir la escena, por mí, adelante.

13.12

En el mismo instante, en la sala de control de circulación de Zaragoza-Delicias se desarrollaba una conversación similar entre Mateo Villanueva y los técnicos convocados con toda urgencia para estudiar el tema.

–¡Tiene que haber alguna manera de detener ese maldito tren! ¡Tiene que haberla y quiero que la encontréis!

Eliseo Romanos, de Patentes Talgo, sacudió la cabeza en un gesto rotundamente pesimista.

–Lo veo muy, muy difícil, Mateo. Si se tratase de una unidad eléctrica, bastaría con cortar la corriente de la catenaria; pero sobre un tren diésel no hay control posible. Si, como parece, alguien ha conseguido anular el ASFA y el Hombre Muerto... por muchos semáforos en rojo que le pongamos por delante, seguirá marchando a toda pastilla mientras no se le acabe el gasoil.

Un destello de esperanza brilló entonces en la mirada del jefe de emergencias.

–¿Y cuándo se le acabará el gasoil? Ese tren está circulando muy cerca de su máxima velocidad. Ha de tener un consumo muy alto.

De nuevo, la expresión de Romanos antes de sus palabras ya resultó desesperanzadora.

–No cuente con ello –dijo–. Esas locomotoras tan modernas consumen muy poco combustible. Salió de Pau con el depósito lleno. Incluso circulando a toda potencia, podría estar funcionando diez horas seguidas y recorrer dos mil kilómetros sin necesidad de repostar.

–Pero… ¿quién les manda a ustedes fabricar unos trenes tan estupendos? ¡Maldita sea! –se lamentó Mateo Villanueva–. De todos modos, esa es una primera posibilidad, ¿no? No es que me parezca una buena opción, pero, en último caso, bastaría con mantener el tren funcionando diez horas para que acabara deteniéndose por falta de combustible. Hemos tenido crisis que se han prolongado mucho más tiempo: trenes atrapados por la nieve durante más de veinticuatro horas…

–La diferencia es que este tren lleva una bomba a bordo –comentó Claudio Martínez, uno de los hombres fijos en los equipos de crisis de Mateo.

Claudio era enlace sindical de Renfe. Había entrado en la compañía ferroviaria veinte años atrás, cuando se licenció de la mili, que cumplió como voluntario en el Regimiento de Zapadores Ferroviarios. En ese tiempo había sido factor, revisor, ayudante de conducción y maquinista. Mateo Villanueva lo conocía desde hacía más de tres lustros. No es que fueran grandísimos amigos, pero cuando Mateo fue elegido como jefe de emergencias y decidió montar un equipo de personas con el que afrontar posibles crisis, uno de los elegidos fue Claudio. No era un experto en nada, pero conocía bien la empresa y a sus empleados, y sobre todo, era un tipo avispado, con ingenio y con sentido común.

–No, Claudio –negó de inmediato Federico Algar, al tiempo que desplegaba sobre la mesa un plano de la línea Zaragoza-Teruel-Sagunto–. Yo creo que no debemos obsesionarnos con la bomba. El verdadero problema es el tiempo. En realidad, contamos con menos de una hora para hallar la solución.

Los demás rodearon el plano mientras manifestaban una nueva oleada de inquietud.

–Explícate –le pidió Mateo Villanueva.

–Es bien fácil. En el corredor Zaragoza-Sagunto, por el que ahora circula nuestro Talgo, la vía solo está renovada para velocidad alta hasta Teruel. Hasta allí no habrá problema porque la línea es apta para doscientos veinte kilómetros por hora, pero… a partir de Teruel, el trazado sigue siendo, prácticamente, el original del Ferrocarril Central de Aragón, con más de cien años de antigüedad y material de vía totalmente obsoleto. Está prevista su renovación, claro; pero lo cierto es que, hoy por hoy, las obras ni siquiera han comenzado.

–Los Talgo Veintiuno han demostrado ser capaces de circular sin peligro a velocidades muy superiores a las permitidas para otros trenes –apuntó Eliseo Romanos.

–Cierto –admitió Algar–. Pero estamos hablando de un tramo muy deteriorado. Haciendo un símil, sería el equivalente a una carretera comarcal sin mantenimiento. Ni siquiera un fórmula uno podría circular por ella a velocidades de autopista.

–¿Qué limitación tiene ese tramo? –preguntó Mateo Villanueva.

–La genérica es ciento veinte –respondió el jefe de circulación–. Pero hay abundantes zonas con dificultades o especialmente deterioradas. En esos tramos, la limitación es mucho mayor. Ochenta, incluso sesenta kilómetros por hora en ciertos puntos. Aun suponiendo que el Talgo sea capaz de circular… no sé… un veinte por ciento por encima de los límites…

–Un treinta por ciento, como mínimo –aseguró el hombre de Patentes Talgo.

–Aun así, será imposible que se mantenga sobre la vía si no reduce drásticamente la velocidad que lleva ahora. Circulando a ciento ochenta por hora, en cuanto sobrepase la estación de Teruel, el accidente será inevitable. Como muy tarde, en las rampas del puerto de Escandón se saldrá de la vía sin remedio.

Como remate de sus palabras, Federico señaló un punto sobre el plano que pareció hipnotizar a todos los presentes durante medio minuto.

Tras aquella pausa, Villanueva respiró profundamente.

–Lo cual significa –dijo– que tenemos hasta Teruel para encontrar una solución. Es decir: menos de una hora.

–Cincuenta minutos, en este momento –precisó Romanos, consultando el reloj que presidía la sala de control.

–Cincuenta minutos para detener el tren... o para sacar de él a los pasajeros.

En un gesto reflejo, los cuatro hombres miraron sus relojes de pulsera para comprobar que marcaban la hora exacta. Sabían que en los próximos minutos los iban a consultar exhaustivamente.

–¿Alguna idea? –preguntó entonces el jefe de emergencias.

Martínez, Algar, Romanos y el propio Villanueva se miraron entre sí con la esperanza de que alguno de ellos diese con la solución genial, con la base sobre la que empezar a trabajar.

Pero antes de que eso ocurriese, hizo su entrada en la sala el teniente Gurrea.

FELIPE GURREA

El teniente de policía Felipe Gurrea, de la Brigada Móvil con sede en la estación de Delicias, se dirigió al cuarteto comandado por Villanueva.

–¡A ver! ¿Qué demonios es eso de que hay una bomba en un Talgo?

–Exactamente eso, teniente –dijo Villanueva, avanzando a su encuentro–. Bienvenido a la crisis. Le he mandado llamar para que nos aconseje sobre la mejor forma de afrontarla.

–¿La mejor forma...? Pero, hombre, Villanueva, parece que se acabe de caer usted de un guindo. En caso de bomba descubierta o con preaviso, el manual del sentido común indica que lo mejor es el desalojo de las posibles víctimas. ¡Que paren ese tren de inmediato y hagan salir a los viajeros corriendo como gamos a campo traviesa! Cuanto más lejos puedan llegar, mejor. Ya los iremos a buscar en un *jeep*.

Villanueva miró atravesadamente al oficial.

–El problema, mi teniente, es que no podemos detener el tren.

–¡Anda! No me diga que se ha quedado sin frenos.

–Eeeh... Más o menos.

–Vaya. También es mala suerte. En ese caso, la cosa cambia.

Mateo le hizo un gesto a Federico Algar.

–Fede, voy a poner al teniente en antecedentes. Será cosa de cinco minutos. A ver si, en ese tiempo, vosotros tres lográis dar con una línea de actuación... que resulte factible, claro está.

13:17

–¿Y qué pasa con la bomba? –preguntó el interventor del Talgo en cuanto sonó de nuevo su teléfono móvil–. Ah… entiendo, entiendo… sí. Sí, señor. Entiendo…

Madeleine y Sebastián interrogaron al interventor con un simple gesto.

–Siguen buscando la manera de detener el tren o de rescatarnos a todos –explicó Javier Caudé–. Y me ha dado a entender que… cualquier aportación que podamos hacer desde aquí en ese sentido será bien recibida.

La pareja se miró, consternada.

–Está claro que no saben ni por dónde empezar –masculló Sebastián.

–¿Y de la bomba? –preguntó Madeleine–. ¿Qué dicen sobre la bomba?

–Creen que no es el problema principal.

–¿Que no es el problema…? –exclamó la joven francesa, sin terminar de creerlo.

–Han consultado con técnicos de la Policía Nacional. Por lo visto, si no ha estallado aún, hay muchas posibilidades de que ya no estalle. Es lo que ellos llaman una «bomba segura».

–¡Huy…! Qué mal me suena eso… –comentó Sebastián Valverde.

–Y a mí –intervino Madeleine–. Como hablar de una tarántula inofensiva.

–Si el activista de turno tenía previsto utilizar la bomba de una forma muy determinada –había explicado Gurrea dos minutos antes al jefe Villanueva–, una vez que falla la secuencia inicial, o sea, si no consigue que se produzca la explosión cuando estaba programada, el peligro se reduce en gran medida. Para un uso muy especializado, como parece que era este, se suele disponer un sistema de detonación muy sofisticado, pero al mismo tiempo se procura que no exista la posibilidad de que el artefacto estalle en circunstancias distintas de las deseadas. En este caso, parece que la bomba fue transportada hasta el tren dentro de una maleta, se colocó en uno de los huecos portaequipajes del vagón y ha soportado los vaivenes y traqueteos del viaje hasta ahora. No hay razones para pensar que no vaya a seguir así durante los próximos tres cuartos de hora. Y, al fin y al cabo, ese es todo el tiempo de que ustedes disponen.

–¿No es posible que esté dotada de un temporizador que provoque una explosión retardada?

El policía abrió los brazos.

–Hombre, Villanueva, como posible, es posible. Pero no lo veo probable. La descripción de elementos que hizo ese pasajero tras echar un vistazo al interior de la maleta parecía descartarlo. Por cierto, que no he visto mayor insensatez en todos los días de mi vida. ¿Quién, en su sano juicio, se pone a hurgar en una maleta de la que sospecha que contiene una bomba? ¿De quién se trata? ¿Está mal de la cabeza o, simplemente, es un idiota? ¡Podía haber causado un desastre colosal!

–No sabemos aún quién es –reconoció Mateo–. Pero sí sabemos que fue él, junto a una chica francesa, quien alertó al interventor. Gracias a ellos dos hemos podido evitar el desastre. Al menos, hasta ahora. No sé… a lo mejor ese tipo sabe algo de bombas.

–¡Lo que nos faltaba! –masculló el teniente Gurrea–. ¡Un listo! ¿Sabe, Villanueva? En una crisis como esta, no hay nada peor que un tipo listo que está allí en medio por casualidad. Eso solo funciona en las películas de Bruce Willis.

13:22

El gabinete de crisis compuesto por Claudio Martínez, Federico Algar y Eliseo Romanos desgranaba ideas sin parar. La mayoría resultaban completamente descabelladas y, por tanto, eran descartadas de inmediato, pero sus promotores confiaban en que alguna de ellas sirviese de pista para dar, de rebote, con una solución válida.

–¡Un helicóptero! –propuso el técnico de Talgo–. Con un helicóptero vamos sacando a los pasajeros del tren, uno por uno, a través de una de las ventanillas de emergencia.

–O sea, cien operaciones individuales de rescate, maniobrando a ciento ochenta kilómetros por hora y en poco más de cuarenta minutos –resumió Federico Algar, agriamente.

–En una película de Hollywood, seguro que funcionaría –se defendió Eliseo–. El ejército enviaría cien helicópteros, casualmente destinados en una base aérea cercana, y todo saldría a pedir de boca. Al final, hasta sobraría medio minuto. Y encima, pillaríamos al malo.

–Basta de ironías, Eliseo. Por desgracia, esto no es una película. Ni siquiera una novela.

Desde el interior del tren, también los pasajeros trataban de aportar sus ideas.

–¿No podríamos separar los coches de la locomotora? –propuso una anciana, que aseguraba haber vivido esa experiencia, siendo una niña, cuando parte del expreso en que viajaba se desenganchó del resto del tren, quedando seis coches y el furgón de cola abandonados a su inercia en mitad de la vía.

–No, no es posible eso, señora –negó rotundamente Caudé, el interventor, inventándose una sonrisa amable–. Este no es un tren convencional, arrastrado por una locomotora. Se trata de un tren articulado. La locomotora y los coches forman un conjunto, un todo. No se pueden separar. De hecho, la máquina y el primer coche comparten un solo eje de apoyo. Las operaciones para unir o separar cualquiera de los vagones son muy complejas y solo pueden hacerse por personal especializado, en los talleres de Talgo. Y, por supuesto, con el tren parado.

–Pues vaya...

–Entonces, teniente, su consejo es que no nos preocupemos por la bomba.

–Mi consejo es que, dadas las circunstancias y el escaso tiempo de que disponen para evitar una tragedia, centren sus esfuerzos en buscar solución a los otros problemas. Creo, sinceramente, que el peligro de que esa gente muera al descarrilar el tren es muchísimo mayor que el de que mueran por la explosión de la bomba.

Mateo asintió, agradeciendo el consejo del policía.

–En ese caso, teniente, no le molesto más.

–Muy bien. Aunque... oiga, Villanueva, ya que estoy aquí y el desenlace, pase lo que pase, será rápido... ¿le importa que me quede? A lo mejor puedo aportar algo, sobre la marcha.

–Naturalmente, teniente.

Sobre sus últimas palabras, el jefe de emergencias vio acercarse a toda prisa a Federico Algar.

–¡Mateo! Claudio tiene una idea para sacar a los pasajeros. Está sin pulir, pero… yo diría que es factible.

La idea

El propio Claudio explicó su idea con ayuda del panel de control y del plano de la línea férrea.

–Mirad: tenemos a nuestro Talgo, el tres-treinta y uno, circulando hacia Teruel. Y el ascendente, el tres-treinta y dos, ya vacío de pasajeros y detenido en la estación de Caminreal. Pues bien: he pensado que, una vez que el tres-tres-uno rebase ese punto, el otro tren podría salir marcha atrás en su persecución. Si logramos acercar las partes traseras de ambos trenes hasta ponerlas en contacto, podríamos evacuar a los pasajeros de un tren al otro rápidamente y sin apenas peligro.

Durante veinte segundos, en medio del silencio, un destello de esperanza comenzó a brillar en las pupilas de todos los miembros del equipo de emergencias

–No es tan fácil como lo cuentas, Claudio –intervino, de pronto, Eliseo Romanos–. Habría que realizar el trasvase de viajeros a ciento ochenta kilómetros por hora y sin la posibilidad de unir realmente los dos trenes.

–Cierto –admitió Claudio, sin más–. Si se os ocurre algo mejor, retiro mi propuesta.

Naturalmente, nadie replicó.

–Si se mantienen en contacto los testeros de los dos coches de cola, aunque no estén físicamente enganchados, el paso de uno a otro no tiene por qué ser muy complicado ni entrañar demasiados riesgos –apuntó Federico Algar.

Mateo, Romanos y el teniente Gurrea se miraron un instante en silencio.

–Yo creo que es una buena propuesta –dijo el jefe de emergencias.

–También yo lo creo –confirmó el oficial de policía.

–Y dudo de que, en el tiempo que nos queda, seamos capaces de dar con algo mejor –completó el jefe de circulación.

También Eliseo Romanos asintió cuando los demás le consultaron con la mirada.

–Adelante, entonces –dijo Mateo–. Esa va a ser nuestra opción. Claudio, llama de inmediato a Caminreal y explícale tus intenciones al conductor del tres-treinta y dos. A ver qué cara pone. Y si tiene que conducir el tren marcha atrás, necesitará que alguien le guíe desde el coche de cola.

–Bien, jefe –dijo el sindicalista, dirigiéndose a la consola del sistema tren-tierra.

–Seguro que hay un montón de problemas con los que no hemos contado –murmuró un repentinamente agorero Villanueva.

–Seguro que sí –replicó Algar–. Pero creo que, en las actuales circunstancias, es la mejor decisión. Ya trataremos de ir resolviendo los inconvenientes conforme se nos vayan presentando.

Mateo se apretó la cara con las manos durante diez segundos. A continuación dio un resoplido corto y miró a su compañero como debe de mirar antes de cada función el hombre-bala al cañón que le dispara por los aires.

–¡Vamos allá! Avisa al interventor del tres-treinta y uno... ¿Cómo se llama?

–Caudé. Javier Caudé.

–Llámalo de inmediato. Que sepan todos en ese tren que tenemos un plan para sacarles de ahí con vida. ¿Tiempo?

–Seco y soleado.

–Tiempo para completar la operación, hombre.

–Algo más de media hora para llegar a Teruel. Por Caminreal pasarán… dentro de dieciséis minutos.

13:27

En Caminreal, el conductor Paco Alerre, el interventor Jaime de la Peña y el agente de Talgo Lucio Mora, que habían quedado esperando instrucciones una vez que los pasajeros de su tren fueron evacuados en autobuses, recibieron atónitos la petición del centro de emergencias de Zaragoza. Y aunque les advirtieron de que se trataba de una operación con riesgos evidentes, cuando les pidieron que manifestaran expresa y voluntariamente su aceptación a participar en ella, ni se les pasó por la cabeza la idea de negarse. Durante los últimos minutos les había ido llegando información sobre la crisis del Talgo 331. Sabían ya que había casi cien vidas en juego y comprendieron que aquel plan, aunque casi descabellado, era posiblemente la única esperanza para ese centenar de personas.

Paco Alerre no solo era un maquinista con larga experiencia en locomotoras Talgo, sino también un apasionado de su mecánica. Tras haber conducido los modelos 2000, 3000 y 4000, estaba entusiasmado con las BT, las nuevas máquinas que Renfe había matriculado en la serie 355, y con su sofisticado motor MTU de doce cilindros.

–¿Cuánto tenemos?

–Menos de un cuarto de hora –le contestó De la Peña, consultando su reloj.

–Lo suficiente para hacer un par de ajustes en el motor –dijo Alerre, mientras se encaminaba al interior de la locomotora.

–¿Qué clase de ajustes?

–Necesitaremos más potencia de la normal si queremos alcanzar marcha atrás al treinta y uno.

–¿Tú crees? –preguntó el interventor–. Según parece, solo está circulando a ciento ochenta, o sea, cuarenta kilómetros por hora por debajo de la velocidad máxima de estos trenes. Alcanzarlo, y más con nuestro tren vacío, no debería suponer un problema.

–Te equivocas, Jaime –le aclaró Lucio Mora–. Los doscientos veinte están homologados para la composición normal, con diez coches intermedios y una cabeza tractora en cada extremo. En composición de semitrén, con siete coches y una sola locomotora, la velocidad máxima no supera los doscientos por hora…

–Aun así…

–Pero eso… circulando hacia delante. Nosotros tendremos que perseguir al treinta y uno circulando marcha atrás.

–Entiendo –dijo entonces De la Peña–. De ese modo perdemos toda la penetración aerodinámica.

–Por completo –confirmó Alerre, mientras retiraba los paneles que protegían el sistema de inyección de combustible de la locomotora–. El final del último coche es un testero completamente vertical. Una auténtica pared. La resistencia del aire crece de forma exponencial con la velocidad, de modo que a ciento ochenta kilómetros por hora será tan grande que, si no consigo aumentar la potencia del motor, no creo que tengamos ninguna posibilidad de alcanzar al tres-treinta y uno.

Y con esa convicción, Paco Alerre se zambulló en el sofisticado motor diésel dispuesto a aumentar la presión de los turbosoplantes como el modo más rápido y sencillo de ganar potencia.

13:37

–No es bueno para la fiabilidad del motor, pero dispondremos de un buen puñado de caballos más –comentó el maquinista con sus compañeros al terminar el apaño.

–¿Serán suficientes?

–Imposible saberlo de antemano. Lo tendremos que comprobar sobre la marcha.

De la Peña consultó su reloj.

–Quedan menos de cinco minutos para que aparezca el treinta y uno. Ya he informado de todo al jefe de estación y está preparado para accionar las agujas que nos permitan incorporarnos a la vía principal. Por cierto, Paco, hemos pensado que sería bueno contar con un par de voluntarios que ayuden a los viajeros a pasar a este tren cuando logremos ponerlos en contacto.

–¿Y de dónde sacamos a esos voluntarios?

De la Peña señaló a dos robustos mocetones que trasteaban bajo los topes finales del coche extremo.

–El de la camisa a cuadros es Tomás, hijo del jefe de estación. El otro es su amigo Manolo.

–¿Qué están haciendo?

–Están sujetando una cadena de las gordas en el extremo del coche. Cuando alcancemos al treinta y uno, intentarán enganchar con ella los topes extremos de ambos trenes. Si lo consiguen, nos ayudará a mantenerlos en contacto mientras hacemos pasar a los pasajeros de uno al otro. Me ha parecido una buena idea.

–De acuerdo. Que vengan.

El interventor les hizo un gesto afirmativo. Tomás y Manolo alzaron los pulgares.

–Otra cosa, Paco –dijo De la Peña–. Creemos que sería muy conveniente coger carrerilla.

–¿Coger carrerilla? –preguntó el maquinista.

–De aquí a Teruel hay solo sesenta y cinco kilómetros que, a ciento ochenta por hora, se recorren en poco más de veinte minutos. Si esperamos parados a que el treinta y uno nos rebase para iniciar la persecución, nos sacará muchísima ventaja. Sería mucho mejor que, cuando pase por aquí, nosotros estuviésemos ya acelerando por la vía paralela. Eso nos permitirá ganar un tiempo que puede resultar indispensable para rescatar a los pasajeros. Ya sabes: como los componentes de un equipo de relevos, que echan a correr antes de la llegada del compañero para recibir el testigo ya en plena aceleración.

–Entiendo. Y me parece una buena idea –admitió Paco Alerre–. Supongo que has calculado la maniobra.

–Más o menos –dijo De la Peña, consultando las notas tomadas en un papel–. Lo he hablado con el jefe de estación y cree que deberíamos llevar nuestro tren hasta las agujas del lado Zaragoza. Desde allí se divisa sin problemas el empalme con la vieja línea de Calatayud. Desde ese punto hasta las agujas de salida del lado Teruel hay exactamente dos mil cuatrocientos metros. A ciento ochenta kilómetros por hora, el treinta y uno los recorrerá en cuarenta y ocho segundos. Durante ese tiempo, nuestro tren puede estar acelerando por la vía dos, que tiene mil cien metros de largo. El treinta y uno nos rebasará por la principal, pero cuando nos incorporemos a ella, ya llevaremos una velocidad considerable y nos será más fácil darle alcance.

–¿Y no hay peligro de que nos encontremos con el otro tren en el desvío de salida? –preguntó Tomás, el hijo del jefe de estación, que acababa de acercarse a los dos ferroviarios tras dar por concluida la colocación de la cadena.

–No, tranquilo… –le contestó el maquinista–. En máxima aceleración, el kilómetro con salida parada le cuesta a este tren algo más de un minuto. Además, no aceleraré al máximo porque correríamos riesgo de descarrilar en el desvío de salida a la vía principal.

–Todo eso está muy bien –reconoció Lucio, el agente de Talgo–, pero os advierto de que nos quedan apenas tres minutos para colocarnos en posición.

–¡Señores! –exclamó entonces el interventor–. ¡Todo el mundo a bordo!

13:42

Desde las agujas del lado Zaragoza y gracias a la inclinación natural del terreno, efectivamente, era posible ver con claridad, pese a encontrarse a más de un kilómetro de distancia, el arranque de la antigua línea de Caminreal a Calatayud, cerrada años atrás.

Esa era la referencia.

Salvo Lucio Mora, que ocupó desde el primer momento su puesto en el extremo final del tren, ahora convertido en testero frontal, el resto de sus compañeros se apiñaron en la cabina de conducción de la locomotora con la vista clavada en aquel punto.

Los dos minutos que los cuatro hombres pasaron allí, en medio de un silencio solo roto por el ralentí del motor, esperando la inminente llegada del Talgo 331, se les antojaron los más largos de sus vidas.

Pero, por fin, Jaime de la Peña alzó la voz y la mano.

–He visto un reflejo. A la altura de la tercera torre de alta tensión.

Los demás aguzaron la vista.

–Cierto –confirmó Tomás, el hijo del jefe de estación–. ¡Allí está!

–¡Todos a sus puestos de combate! –gritó Paco Alerre mientras actuaba a fondo sobre el regulador de potencia, no sin antes haber desplazado la palanca del inversor de marcha de la N de punto muerto a la R de retroceso.

De inmediato, abrió también el comunicador interno que le ponía en contacto con el agente de Talgo situado en el coche final.

–¡Lucio, allá vamos! Ahora eres tú el que dirige esto. Espero tus indicaciones.

–Bien –respondió Lucio Mora, con su habitual laconismo.

Jaime, Tomás y Manolo abandonaron la cabina camino del coche extremo. El tren ya había empezado a retroceder con decisión por la vía dos.

–Vamos, chiquitín... –susurró Paco Alerre–. A ver cómo te portas.

El tiempo, que un minuto antes parecía arrastrarse perezosamente, ahora volaba. Mucho antes de lo esperado, Paco vio aparecer la afilada silueta de la locomotora del 331 al final del andén, tras haber rebasado ya las agujas de entrada a la estación. La distancia que separaba ambos trenes se redujo a nada en un suspiro.

–¡Ya está aquí! –gritó el maquinista por el interfono–. ¡Viene como una flecha! ¡Lo vais a ver aparecer por allí en cinco segundos!

El adelantamiento se produjo casi frente al edificio de la estación, cuando el 332 ya circulaba a más de noventa kilómetros por hora y ante la mirada cargada de preocupación del padre de Tomás, que contempló la maniobra desde el andén principal con un nudo en la garganta.

Las dudas sobre la posibilidad de que ambos trenes pudieran colisionar en la aguja donde las dos vías confluían en una sola se desvanecieron enseguida. De hecho, todos se dieron cuenta de que el 331 les iba a sacar una ventaja mayor de la que imaginaban.

La velocidad máxima de paso por el desvío de salida a la vía principal era de ciento veinte kilómetros por hora. Paco Alerre decidió arriesgar y acelerar al máximo desde el principio, marcase lo que marcase el velocímetro. Tenía la corazonada de que, más adelante, cada segundo iba a resultar vital. Y además, para eso conducía uno de los mejores trenes del mundo.

Por fin, negoció la salida de agujas a ciento treinta y cinco kilómetros por hora, poniéndoles el corazón en la garganta a sus compañeros, que vivieron la maniobra en primera fila, desde el excepcional palco platea que suponía la plataforma final del coche extremo.

Hasta el habitualmente impertérrito Lucio Mora contuvo la respiración y se aferró instintivamente con todas sus fuerzas a un asidero cercano. El brusco vaivén que condujo al Talgo de la vía apartada a la principal hizo perder el equilibrio al interventor De la Peña, que rodó por los suelos.

–¿Se ha hecho daño, Jaime? –le preguntó Lucio.

–No te preocupes. Sobreviviré –respondió el aludido con un gesto que era más de rabia que de dolor–. Al menos, lo suficiente para decirle a Paco que no he visto mayor animalada ferroviaria en todos los días de mi vida.

En ese momento se escuchó la voz del maquinista a través del altavoz del interfono.

–¿Estáis todos bien?

–De cine –respondió Lucio.

–¿Cuánta ventaja nos lleva?

–Más de la prevista, Paco. Ese condenado tren ha pasado como una exhalación y ya casi no podemos distinguirlo. Por lo menos nos ha sacado medio kilómetro de ventaja. Quizá más.

–Pues aún no he conseguido llegar a los ciento ochenta kilómetros por hora, de modo que todavía se aleja de nosotros. Os avisaré cuando empecemos a recuperarle terreno.

–Dale caña a este chisme sin compasión. El tiempo vuela.

Era una forma de hablar. Lo que realmente volaba era la distancia que les separaba de la estación de Teruel.

13:45

Eso mismo pensaron en Zaragoza un par de minutos después, tras analizar los datos que les llegaban de los GPS de ambos trenes.

–No lo van a conseguir –predijo Mateo Villanueva, con marcado tono pesimista, descargando un puñetazo sobre la mesa–. Si el treinta y dos no consigue aumentar su velocidad, no lo van a conseguir.

Federico Algar aporreaba como un poseso una calculadora de mesa. Cuando tuvo el resultado final de sus operaciones, torció el gesto.

–Me parece que llevas razón, Mateo. El treinta y dos no pasa de ciento ochenta y cinco por hora y el treinta y uno se mantiene impertérrito en ciento ochenta, lo que quiere decir que apenas se deja recuperar ochenta metros por minuto. Como había llegado a sacarle más de setecientos de ventaja, tardarán al menos diez minutos en alcanzarlo. Eso suponiendo que, cuando los dos trenes se aproximen, las turbulencias no compliquen aún más la cosa.

–A esa velocidad llegarán a Teruel en dieciséis minutos –apuntó Mateo sombríamente–. O sea, que desde que se unan los dos trenes, si es que lo logran a la primera, tendrán entre cinco y seis minutos, como máximo, para evacuar a cien pasajeros.

–En el mejor de los casos.

–Es... prácticamente imposible –concluyó Claudio Martínez.

El jefe de emergencias desgranó una larga maldición en voz muy baja.

–Si hubiésemos tenido tan solo unos minutos más... –se lamentó, acto seguido.

En ese momento, Claudio Martínez alzó la voz.

–Tengo... tengo una idea –dijo.

El desánimo, que había cubierto con un velo de pesadumbre los rostros de todos los miembros del equipo de emergencias, dejó paso a un nuevo destello de esperanza. Sabían de sobra que Claudio no era de los que creaban expectativas gratuitamente.

–Ya que no podemos mejorar la aerodinámica del tres-treinta y dos –dijo lentamente el sindicalista–, ¿por qué no intentamos empeorar la del tres-treinta y uno?

Sus compañeros parpadearon.

–¿De qué manera?

–¿Qué ocurre –preguntó Claudio, como respuesta– cuando abrimos las ventanillas de un coche yendo a toda velocidad por la autopista?

–¡Pues claro! –exclamó Algar, brillante la mirada, tras una pausa de cinco segundos–. ¡El aire de la marcha entra en el habitáculo, crea torbellinos y la aerodinámica se va a la porra!

Las sonrisas sustituyeron en un instante a las malas caras.

–¡Llama ahora mismo a Javier Caudé! –gritó Mateo Villanueva–. ¡Que rompan las ventanillas de socorro de todos los coches del tren!

–¿Solo las de socorro? ¿Y las demás?

–Las demás son cristales de seguridad, muy difíciles de romper. Que lo intenten, de todas formas, mientras tengan tiempo.

La orden fue recibida en el Talgo con alborozo. La oportunidad de poder colaborar de alguna forma en su propio rescate entusiasmó a la mayoría de los pasajeros.

Tres minutos más tarde, todas las lunas de seguridad –dos por coche– habían desaparecido y el aire de la marcha entraba, salía y se arremolinaba a lo largo y ancho de todo el tren a velocidad de tifón, haciendo volar papeles, prendas de vestir e incluso los equipajes más ligeros depositados sobre las rejillas portabultos.

De inmediato, las señales del GPS indicaron que la estrategia ideada por Claudio estaba dando resultado.

–¡Bien! La velocidad del treinta y uno ha bajado casi diez kilómetros por hora –anunció un alborozado Federico Algar–. El treinta y dos le está recortando doscientos cincuenta metros por minuto. ¡Eso está mucho mejor!

–Además, al circular algo más despacio, también se retrasará la llegada a Teruel –advirtió Mateo Villanueva.

–Apenas un par de minutos. Pero eso puede significar la diferencia entre la vida y la muerte. Al menos, para algunos de los pasajeros.

Mateo palmeó la espalda del sindicalista.

–Enhorabuena, Claudio. Si, finalmente, esto sale bien, creo que te podrás colgar todas las medallas de Renfe.

Claudio sonrió ante el halago. Pero él, como todos, sabía que aún no habían logrado nada. En realidad, todo estaba por hacer. Aún podía salir todo mal.

13:52

–Estamos alcanzando al treinta y uno –escuchó Paco Alerre a través del interfono, en la voz serena de Lucio Mora–. Faltan cincuenta metros. Reduce un poco.

–Reduzco a ciento ochenta…

–Reduce más.

–Ciento setenta y cinco…

–Así mejor. Nos seguimos acercando. Veinticinco metros… veinte metros… quince metros… reduce…

–Reduzco.

–No tanto. Ahora nos separamos. Aumenta.

–Vuelvo a ciento setenta y cinco y ya no bajo hasta que haya contacto.

–¡Ojo! Así les vamos a golpear fuerte, ¿eh?

–Que se aguanten. Esto no es un transbordador espacial. No lo puedo hacer mejor.

–Quince metros… diez metros… cinco… ¡Ay, ay, ay! ¡Cuidado…!

El golpe fue rotundo. A falta de un par de metros para entrar en contacto, cuando el primer Talgo hizo de pantalla para su perseguidor, cortándole de golpe la resistencia del viento, la velocidad del que conducía Paco Alerre sufrió un repentino aumento. El contacto entre los testeros traseros de ambos convoyes se saldó con un violento topetazo que llegó a levantar momentáneamente de los raíles el rodal del tren perseguidor y que solo por un milagro no terminó en un descarrilamiento que habría resultado catastrófico. Eso sí, el impacto hizo rodar por los suelos a la mitad de los pasajeros.

Lógicamente, hubo rebote. La reacción al impacto provocó que los dos trenes volviesen a separarse casi un metro antes de volver a juntarse. El segundo contacto ya fue menos violento y, por fin, Paco Alerre logró la velocidad y el impulso adecuados para mantener el contacto.

–¡La cadena, Manolo! ¡Pásame la cadena! –gritó entonces Tomás.

Con habilidad y no poco desprecio del peligro de la situación, Tomás logró dar dos vueltas de cadena en torno al cuello del tope del 331, asegurándola a continuación mediante un cáncamo.

–¡Listo! ¡Vamos!

Un minuto antes, los pasajeros del Talgo se habían enfrentado a la última dificultad.

–¡La puerta! –gritó Madeleine–. ¡Está cerrada!

En efecto, la puerta final, la que cerraba el testero del coche extremo y por la que debían abandonar el tren todos los pasajeros, estaba cerrada con llave.

Javier Caudé apretó los puños.

–En este viaje no estaba previsto abrir esa puerta.

–¿Y dónde está la llave? –preguntó Madeleine.

Caudé lo dijo tan bajo que nadie lo entendió. La francesa lo sujetó por la barbilla y lo zarandeó como si fuera un borracho.

–¿Dónde, dice?

–En la locomotora, maldita sea…

Se produjo un colectivo murmullo de angustia que Caudé trató de cortar con un gesto de los brazos.

–¡Calma, por favor, calma! No se trata de una puerta blindada, como las de la máquina. Seguro que encontramos la manera de forzarla.

–Desde luego que sí –afirmó entonces Sebastián Valverde–. ¡Todos atrás, por favor!

La petición fue acompañada por la exhibición de una pistola que acababa de sacar de la parte trasera de la cinturilla de su pantalón.

–¡Retrocedan! –pidió Madeleine, con el rostro demudado, pero sin ceder al miedo en ningún momento–. Las balas podrían rebotar. Hay muchos elementos metálicos.

Cuando todos los viajeros se hubieron alejado a distancia prudencial, Sebastián quitó el seguro de su arma y efectuó cuatro disparos consecutivos sobre la cerradura de la puerta. Lo hizo a más de cinco metros de distancia, pero todos ellos dieron en el blanco, agrupándose en un área inferior a la de un disco compacto. Él mismo pareció sorprendido de su puntería.

–¡Caray…! –susurró Madeleine

A continuación, con una de esas patadas que estamos acostumbrados a ver en las películas de acción, el chico que se parecía a Joaquín Cortés abrió la puerta sin contemplaciones.

El trasvase de pasajeros al tren de rescate comenzó con orden y rapidez, en buena medida gracias a que desconocían el escaso tiempo de que disponían.

Tomás y Manolo, con un pie apoyado en cada tren, ayudaban a realizar la operación a quienes se mostraban menos hábiles o más apurados, mientras Jaime de la Peña les obligaba a pasar a los coches siguientes para evitar aglomeraciones.

14:00

En Zaragoza, Villanueva hacía rato que se había quedado sin uñas.

–No les va a dar tiempo… ¿Cómo van?

–Han cambiado ya de tren cuarenta y tres pasajeros –informó Federico Algar, transmitiendo la información que le daba Jaime de la Peña a través del móvil.

–¿Por qué tardan tanto?

–Calma, Mateo… Seguro que estarán haciéndolo tan rápido como les sea posible.

Caudé y De la Peña, cada uno en su respectivo tren, no paraban de dar voces.

–¡Vamos! ¡Tienen que pasar todos al otro tren! ¡Deprisa!

–¡No se detengan! ¡Sigan avanzando hasta los siguientes coches! ¡Dejen sitio a los demás! ¡Vamos, que nadie se detenga…!

De pronto sonó el intercomunicador. Llamaba Paco, el maquinista.

–¿Cuántos faltan?

–Más o menos, la mitad –respondió el interventor–. Tranquilo, que esto va rápido.

–De tranquilo, nada –replicó el conductor–. Llegaremos a la estación de Teruel en menos de dos minutos.

–¿No puedes cortar gas?

–Ni soñarlo. Lo único que nos une al otro tren es la cadena que han colocado esos chicos uniendo las dos toperas. No quiero arriesgarme a que se suelte, se rompa o arranque uno de los topes. Si nos separamos del treinta y uno, no tendremos tiempo para repetir la aproximación.

14:02

Cuando aún faltaban quince pasajeros por cambiar al 332, todos notaron el inconfundible traqueteo producido por el paso sobre los desvíos de entrada en la estación de Teruel.

–¡Vamos, vamos! –gritó Caudé, con el corazón galopando–. ¡El tiempo se acaba!

Apenas quince segundos después, el convoy dejaba atrás la estación de Teruel, tras atravesarla como una exhalación por su vía principal, camino de Sagunto. En ese instante, aún quedaban siete viajeros en el 331.

Lo peor era que, a partir de ese punto, el estado de los raíles poco tenía que ver con lo que habían venido disfrutando hasta entonces. Y la diferencia se hizo evidente de inmediato. Las oscilaciones del convoy y el sonido de la marcha se incrementaron tan súbitamente y de tal modo que todos comprendieron que, a semejante velocidad, el peligro de descarrilar era indudable.

–¡Lucio! ¿Qué pasa por ahí? –preguntó Paco Alerre, con la urgencia prendida en la voz.

–¡Treinta segundos más, Paco! ¡Aguanta treinta segundos, por Dios!

–¡Esto es una temeridad! –gritó el maquinista, con la voz opaca por el miedo–. ¡Podemos irnos fuera de la vía en cualquier momento!

–Solo quedan cinco personas… cuatro… tres…

Los últimos viajeros en saltar al 332 fueron Madeleine y Sebastián. Tras ellos, cerrando definitivamente la operación, lo hizo Javier Caudé, el interventor.

–¡Frena, Paco! ¡Ya están todos a bordo!

–¡La cadena! ¿Habéis quitado la cadena?

–Tomás y Manolo están en ello.

–¡Que la quiten de una vez! Si freno ahora, el tirón podría descarrilar el último eje.

Los dos chicos trataban de abrir el cáncamo con el que habían sujetado la cadena al tope de su tren. Pero la enorme tensión soportada había retorcido la pieza, deformando el tornillo de cierre.

–¡No puedo, maldita sea! –gritó Manolo con desesperación.

–¡Espera a que venga una curva a la izquierda! –le recomendó su amigo–. Entonces se aproximarán los topes de ese lado. Tal vez así podamos sacar la cadena entera por encima de uno de ellos.

–¡No lo creo!

Paco Alerre veía que el tren se le iba. Su larga experiencia le gritaba que estaba a punto de perder el control. Podía sentir cómo los viejos carriles ya casi no podían contener la creciente inercia que el convoy adquiría segundo a segundo. Circulaban cuesta abajo. La velocidad aumentaba. Sabía que la próxima curva podía ser la última.

Tenía que arriesgar. Tenía que arriesgar o todos acabarían en el fondo de un barranco, convertidos en un amasijo de metal y sangre. Tenía que arriesgar o el resultado de todos sus esfuerzos sería un desastre aún peor que el que pretendían evitar.

–Muy bien… que sea lo que tenga que ser.

Sin muchas contemplaciones, redujo a cero la potencia de los motores; pero eso prácticamente no produjo ningún efecto. Tenía que frenar.

Primero aplicó el freno neumático. Ahora sí, pudo sentir la deceleración. Las agujas de los indicadores de presión comenzaron a caer en sus esferas mientras el aire comprimido pasaba de los calderines a las pinzas de los bombines. Un lamento de fricción se extendió por todo el tren.

Alerre comenzó a accionar entonces el freno dinámico. Detener por completo los dos trenes mientras la otra locomotora siguiera traccionando a plena potencia resultaba imposible. El maquinista no confiaba en eso, sino en lograr romper la unión entre ambos, esa cadena que había permitido el fácil desalojo de los pasajeros pero que ahora les unía al otro Talgo arrastrándolos a todos hacia una muerte segura. Tenía que romper esa unión como fuese, o estaban perdidos. Le era indiferente que cediese el tope, la viga portatopes o la propia cadena, pero tenía que conseguirlo; y tenía que hacerlo sin descabalgar de los raíles ninguno de los ejes de rodadura, porque eso sería el fin.

La velocidad descendía, pero seguía estando por encima de ciento cuarenta kilómetros por hora. El 331 y la fuerza de la gravedad seguían tirando del 332 con fuerza inaudita. Los discos de freno estaban ya al rojo vivo.

–¿Cuándo va a terminar esto? –se preguntó el maquinista, mientras el sudor que le caía sobre los ojos le nublaba la vista.

Entonces ocurrió.

Cuando Paco Alerre ya pensaba que no lo lograrían, sucedió. Justo al contrario de lo que Tomás y Manolo imaginaban, la solución llegó en una curva a la derecha en la que los topes del lado izquierdo, los unidos por la cadena, tendieron a separarse ligeramente, y esa fuerza adicional fue la que pudo con la resistencia del más débil de los eslabones.

–¡Mira! ¡Mira, Manolo! –gritó el hijo del jefe de estación–. ¡Se rompe!

Con un sonido que afilaba los dientes, el óvalo de acero comenzó a abrirse y durante quince interminables segundos se fue deformando, más y más, hasta que no fue capaz de abrazarse a sus compañeros.

Al separarse, las dos partes de la cadena saltaron violentísimamente, como colas de un látigo, y la que permaneció en torno al tope del 332 golpeó a Tomás en el brazo derecho con tal contundencia que todos pudieron escuchar claramente el sonido del hueso al quebrarse.

Mientras Tomás se retorcía de dolor, Lucio gritaba ante el interfono como un poseso.

–¡Ya está, Paco! ¡Ya está! ¡Ahora sí! ¡Nos hemos soltado!

Libre de la fatal atracción de su gemelo, el Talgo de Paco Alerre vio de pronto bruscamente reducida su velocidad. El maquinista sabía que una frenada demasiado violenta sobre aquella vía centenaria, todavía equipada con traviesas de madera, podía ser tan peligrosa como el exceso de velocidad.

Echando mano de toda su sangre fría y conteniendo sus instintivos deseos de tirar a fondo de todos los mandos, anuló el freno neumático, aplicando solo el freno de la locomotora, ayudado, eso sí, por la fuerza del viento, que una vez separados ambos trenes, volvió a golpear de lleno sobre el testero vertical del último coche.

Desde su privilegiada posición, Lucio, De la Peña, Tomás y Manolo, Caudé, Sebastián y Madeleine vieron alejarse vía adelante la parte posterior del Talgo 331, ya convertido en un tren fantasma. Primero, cuando solo doscientos metros les separaban, desapareció tras una curva a la derecha. Volvieron a verlo, ya mucho más lejos, al final de la recta siguiente para, de inmediato, desaparecer tras un rasante. Cuando superó ese último punto, el 332 aún circulaba a más de cien por hora. Aparentemente, ya sin apenas peligro.

En el tramo de vía que se abrió ahora ante sus ojos ya no era posible divisar el otro tren y todos pensaron que ya no volverían a verlo. Pero se equivocaban.

Unos segundos más tarde pudieron contemplarlo por última vez.

Volando.

Apareció fugazmente ante sus ojos entre las copas de los pinos, a unos quinientos metros de distancia, iniciando una grácil caída hacia el fondo de un barranco interminable.

El descarrilamiento definitivo se había producido al final de una larga bajada y antes de uno de los viaductos de ladrillo tan típicos de la línea. Los maltrechos carriles fueron incapaces de digerir a un tiempo la cerrada curva y la elevada velocidad del tren. El Talgo se salió por la tangente y voló, girando en el aire sobre sí mismo mientras se precipitaba al abismo, como un delfín larguísimo vestido de aluminio, azul y plata.

El silencio duró más que la caída.

–¿Has visto eso, Paco? –preguntó por fin Lucio Mora, a través del interfono.

–Peor que vosotros, pero sí, lo he visto por el retrovisor. Impresionante, ¿eh? Para que luego digan que estas cosas solo suceden en las películas.

–Por cierto... ¿conseguiremos frenar a tiempo?

–Espero que sí.

Los dos ferroviarios sabían de lo que hablaban. Entre los pasajeros, que ya se creían a salvo, se había desatado el entusiasmo. Pero el peligro no había pasado por completo.

Allí donde el 331 había saltado de las vías, los carriles tenían que haber quedado completamente deformados. Si no lograban frenar por completo antes de llegar a aquel punto, sería imposible no descarrilar. Y lo que les esperaba en ese caso era una caída similar a la que acababan de contemplar, aunque algo menos grácil. Una caída sin final de la que nadie lograría salir con vida.

Paco Alerre tiró hacia sí, ya sin contemplaciones, del mando múltiple. Habían rebasado el último rasante a algo más de sesenta kilómetros por hora. Quedaban doscientos metros hasta la curva anterior al viaducto. Doscientos metros cuesta abajo, con una pendiente atroz, de las de veinte milésimas.

Tomás, Manolo, Jaime de la Peña, Javier Caudé e incluso Madeleine Gilet se habían percatado del riesgo y contenían la respiración mientras Lucio Mora, impertérrito, continuaba informando al maquinista.

–Ciento cincuenta metros, Paco..., ciento veinte... cien... ochenta... sesenta...

Por fin, cuando faltaban apenas treinta metros para llegar a la herida de las vías, el Talgo se detuvo mansa y definitivamente.

–Nos hemos detenido. Estamos todos bien –fue el lacónico parte que Jaime de la Peña hizo llegar al centro de control de Zaragoza a través de su teléfono móvil.

Al escucharlo, Mateo Villanueva vació de golpe sus pulmones y se dejó caer a plomo sobre su sillón favorito mientras Federico Algar y sus hombres alzaban los brazos y gritaban con alivio. Hasta el teniente Gurrea manifestó su júbilo con un corto alarido.

De perfil

De regreso a la estación de Teruel, hacia la que Paco Alerre condujo su tren a unos confortables sesenta kilómetros por hora, los pasajeros tomaron por asalto el coche-cafetería y brindaron por el buen final de su aventura con todo aquello con que la compañía Wagons-Lits había surtido el pequeño bar.

Las risas, las lágrimas de alegría, los abrazos, las promesas de reencuentro y hasta los cánticos inundaron el tren de punta a punta.

En el coche extremo, Sebastián y Madeleine se sentaron frente a frente.

–Por los finales felices –dijo ella, haciendo chocar su lata de tónica.

–En los finales felices, el chico y la chica se besan apasionadamente, te recuerdo.

Madeleine hizo oídos sordos a la frase de Sebastián. En cambio, quedó seria, mirando al suelo.

–¿Por qué lo hiciste? –preguntó de improviso.

A Sebastián se le deshizo la sonrisa en la cara instantáneamente.

–¿Hacer qué?

–No me tomes por tonta. Tú saboteaste los sistemas de seguridad. Entraste en la locomotora con Gordon y ahí empezó todo. ¿Puedo saber por qué?

Él cerró los ojos, apretando mucho los párpados, como quien intenta hacer un esfuerzo de la memoria. Luego, tras apretarse las sienes con la mano izquierda, apuró el resto de su cerveza.

–Sé que no vas a creerme, pero te juro... te juro que no lo recuerdo.

–Estupenda respuesta.

–No tengo otra.

La francesa contemplaba el paisaje a través de la ventanilla.

O quizá recorría la nada con la vista perdida.

–Ojalá la tuviera –añadió Sebastián.

–Y, sin embargo, no habríamos salido con vida de no ser por ti –murmuró Madeleine.

–Eso no tiene ningún mérito –dijo Sebastián–. He luchado por mi propia supervivencia, sin más. Gordon me la jugó como a cualquiera de vosotros.

El tren Talgo acariciaba ya los andenes de la estación de Teruel.

Los dos jóvenes se pusieron en pie y se dirigieron a la puerta más cercana. Cuando estaban a punto de salir, Madeleine retrocedió hasta situarse junto a la puerta del lado contrario.

–¿Qué haces? –preguntó Sebastián.

–Ven –dijo ella.

Y cuando él se le acercó, le pasó el brazo por la cintura y lo besó en los labios.

Sebastián, que no se lo esperaba, dudó un instante. Luego, se rindió incondicionalmente.

–¿Por qué lo has hecho? –preguntó él a continuación mientras trataba de recuperar el aliento.

–Porque sospecho que no volveré a tener la oportunidad de hacerlo.

Ella tenía razón.

Al bajar del tren, un oficial y dos números de la Guardia Civil esperaban a Sebastián, que se despidió de Madeleine con una sonrisa de perfil.

Tercera parte:
Sin certeza alguna

EN LA UNDÉCIMA PLANTA

Me llamo Nadine Dufresne y trabajo para el Deuxième Bureau, los servicios franceses de inteligencia. Soy lo que se denomina aquí una agente especial. Una agente secreto, para entendernos.

Estoy aquí, en mi mesa de trabajo, intentando redactar el informe definitivo sobre la que ha sido mi última operación, desarrollada en España hace tres días. Pero, la verdad sea dicha, no sé ni por dónde empezar. En el informe preliminar me limité a narrar los acontecimientos en que me vi envuelta hace setenta y dos horas mientras, con el nombre falso de Madeleine Gilet, efectuaba el seguimiento cercano de un sospechoso, un muchacho español llamado o que se hacía llamar Sebastián Valverde y al que nuestros agentes en Inglaterra situaban en el centro de una probable operación terrorista en el escenario de la línea internacional de ferrocarril Zaragoza-Pau.

He explicado ya a mis superiores, con pelos y señales, todo lo ocurrido en aquel viaje que a punto estuvo de terminar en tragedia y de costarme la vida a mí y a otras cien personas. Ha sido precisamente al recordar esos hechos, tratando de analizarlos fríamente y de valorar de modo objetivo la actuación de sus protagonistas, especialmente del sujeto llamado Valverde, cuando me he encontrado en este callejón sin salida. Tengo que reconocer que apenas poseo respuestas para los muchos interrogantes que ahora se me plantean en torno a este caso...

«Nada he podido averiguar sobre ese supuesto grupo terrorista que pretendía hacer volar por los aires dos trenes repletos de viajeros en el túnel suburbano que atraviesa la ciudad de Zaragoza. No he podido establecer cuál era el verdadero papel que Valverde y el ciudadano británico llamado Samuel Gordon jugaban en esa trama. No sé si eran meros ejecutores de un plan ideado por otros o si ambos estaban en el origen de la acción. Valverde parecía condenado a perecer junto con el resto de víctimas, pero lo cierto es que al final no hubo nada, y eso bien podría tener una explicación distinta de la que yo entiendo como más evidente...».

Por lo que veo, y si no hay contraorden de mis superiores, tendré que iniciar una investigación que sospecho difícil y que, quizá por eso mismo, no me apetece lo más mínimo.

Suena el teléfono interno. Menos mal. Cualquier cosa antes que seguir atascada con este asunto.

–*¿Alló?*

–¿Agente especial Dufresne?

–Al aparato.

–Le paso con el Número Seis. No se retire, por favor.

Caramba. Seis en persona.

–Nadine…

–Jefe…

–¿Cómo va la redacción del informe definitivo sobre el asunto español? Lo del tren Talgo, me refiero.

–Pues… estoy en ello, señor, pero veo que me falta información para poder valorar convenientemente todos los extremos del caso. Si le corre mucha prisa, puedo plantearle algunas hipótesis para… pongamos, el final de la mañana. Pero ya le adelanto que no serán más que eso: meras conjeturas.

Seis carraspea. Carraspea muy a menudo y de un modo que me irrita terriblemente.

–No; escuche, Nadine…, acabo de recibir unos nuevos informes que afectan directamente a esa operación. Si sube ahora a mi despacho, podríamos comentarlos.

–Voy de inmediato, señor.

Solo han pasado treinta segundos cuando cojo el ascensor exprés.

–Planta once –recito ante el analizador de voz–. Soy Nadine Dufresne, Operaciones Especiales, sección nueve, identificador tres, uno, tres. He sido llamada al despacho número seis.

No hay respuesta palpable, excepto que el elevador cierra sus puertas y sube como una exhalación las siete plantas que me separaban del piso de los grandes jefes.

En la planta once, la luz es diferente, y los secretos, más intrincados y peligrosos. Todos los que caminan por sus pasillos parecen conocer el destino del mundo. Quizá por eso les brilla de ese modo el temor en la mirada.

–¿Da su permiso, señor?

Seis no está sentado tras su mesa, como en él es habitual, sino mirando hacia la calle a través de los cristales blindados, a prueba de munición de combate, del ventanal de su despacho.

–Adelante, Nadine, adelante. Siéntese. Como acabo de decirle, he tenido noticias que, creo, le van a resultar interesantes.

Mi superior directo coge una carpeta y me sonríe. Le supongo cerca de los sesenta años; y el modelo de gafas que luce debe de rondar también esa edad. Cualquier parecido con James Bond no es que sea pura coincidencia. Es pura broma.

–Usted dirá, señor.

–Ian Blooming acaba de entregarse en las dependencias centrales de la Sûreté, autoinculpándose del atentado en la Tour Eiffel del pasado mes de mayo –dice, leyendo el contenido de una carpetilla de cartón con el membrete oficial del Ministerio de Interior. Al no añadir otra información, me obliga a interpelarle a ceño fruncido.

–Perdón, jefe… ¿Quién es Ian Blooming?

Seis enseña los dientes. Yo diría que está encantado de poder ofrecerme sus explicaciones.

–Creemos que ese es su verdadero nombre, aunque nadie lo sabe con certeza. Durante tres décadas fue un legendario miembro del MI-5 británico, pero en los últimos años se ha reconvertido en… digamos, agente de alquiler. Una suerte de mercenario de lujo para trabajos de lujo. Acepta cualquier encargo y de cualquier cliente con tal de que esté suficientemente bien pagado. No le hace ascos a nada: asesinatos, atentados, protección, espionaje… lo que sea. Se ha labrado una merecida fama de eficaz cumplidor.

Parece que Seis ha terminado. Y yo sigo en la inopia.

–Disculpe, señor... ¿Para qué me cuenta todo esto? Sospecho que ese Blooming tiene algo que ver conmigo o con alguno de los casos en que trabajo, pero...

–Quizá le suene más por alguno de sus alias: alias Ian Scott, alias Samuel Scott, alias Samuel Gordon...

Si el Número Seis pretendía sorprenderme, lo ha conseguido. Voy a darle el gusto de manifestarlo abiertamente.

–¡Samuel Gordon! Pero... ¿es él realmente? ¿Tiene una foto?

Seis revisa la carpeta y me muestra una foto algo borrosa del escocés rubio y rubicundo.

–Es él –afirmo de inmediato–. Sin duda ninguna. Se trata del tipo que subió a aquel tren en la estación de Sabiñánigo hace tres días. El mismo al que menciono en el informe como responsable de la colocación de la bomba... ¿Y dice usted que fue el autor del atentado de la Tour Eiffel?

Seis sigue sonriendo blandamente.

–No, no, Nadine... no digo que fuese el autor. Digo que se ha autoinculpado de serlo, que es muy distinto. En realidad, todo parece indicar que lo ha hecho para conseguir nuestra protección.

Mi expresión de sorpresa obliga a Seis a darme nuevas explicaciones. Explicaciones que, puedo detectarlo con claridad en su tono de voz, considera propias de la enseñanza primaria de cualquier espía.

–Es uno de los trucos más viejos del mundo –me aclara–. Verá: alguien se declara culpable de un crimen aportando un par de evidencias que nada prueban pero que le hacen aparecer como razonablemente sospechoso. La justicia del país de turno no tiene otro remedio que proceder a su detención e iniciar un proceso penal. Proceso que se alargará tanto como se propongan los abogados del presunto culpable. Por fin, un buen día, durante el juicio o antes de llegar al mismo, según les interese, esos mismos abogados presentarán una serie de pruebas irrefutables demostrando la inocencia de su representado, que, naturalmente, quedará libre tras, quizá, pagar algún tipo de multa y las costas del proceso. Por ese módico precio, el sujeto en cuestión habrá gozado desde el momento de su detención de la mejor protección posible: la de las fuerzas de seguridad del país elegido por él mismo.

–¿Y… por qué necesitaría Gordon, o Blooming, la protección de nuestra Gendarmería?

Seis sonríe aún más. Sorprendido por mi ingenuidad, supongo.

–Nadine, por Dios… Alguien le había encargado a ese tipo una espectacular operación terrorista… que fracasó estrepitosamente, en buena parte gracias a usted, dicho sea de paso. Una operación por la que, según nuestros informes, Blooming había cobrado un millón de libras esterlinas por adelantado. Estoy seguro de que quien le contrató no se encuentra en estos momentos especialmente satisfecho.

Sacudo levemente la cabeza. Parece un razonamiento lógico, pero no me vale.

–Disculpe, jefe. Hay algo que no me cuadra en esa historia… Según nuestros informes, la operación le fue encargada al escocés por un grupo terrorista de nuevo cuño: el GIF.

Seis rebusca de nuevo entre los papeles de su carpetilla.

–Eeeh… en efecto, así es: el Gibraltar Independent and Free. Una organización sobre la que apenas poseemos datos.

–Sería más exacto eliminar el «apenas» de esa frase, señor. El GIF es un completo desconocido.

–Ya… aunque también lo era Al Qaeda en su momento.

–No creo que sean comparables, sinceramente.

La sonrisa de Seis se ha desvanecido mientras vuelve a consultar la magra documentación.

–Quizá no. Lo cierto es que, aparentemente, nadie sabe nada de esos supuestos extremistas gibraltareños, por lo visto podridos de dinero. Ni la CIA, ni el MI-6, ni los servicios secretos españoles... ni siquiera el Mossad, que ya es decir. Por no hablar de los chicos del KGB, que últimamente no se enteran de nada de lo que sucede a este lado de los Urales.

–Vamos, que los únicos que tenemos noticia sobre ese nuevo grupo terrorista somos nosotros; y exclusivamente gracias a los documentos que Gordon, o Blooming, envió a Sebastián Valverde y que conseguimos interceptar en Pau. Curioso, ¿no cree?

Ahora sí, Seis, que ha permanecido en pie hasta este momento, va a sentarse frente a mí, al otro lado de su interminable mesa de roble, dejándose caer en un butacón de cuero blanco Connolly sobre cuyo precio prefiero no hacer cálculos temerarios.

–¿Cuál es su impresión sobre este tema, Nadine? –me pregunta, a bocajarro–. Es usted muy joven, pero debo reconocer que ha sido hasta ahora un buen ejemplo de la utilidad de eso que llamamos «intuición femenina» y que tanto se valora en nuestro trabajo, por cierto. Y estoy seguro de que ya ha pensado en todo esto por su cuenta.

La respuesta merece una larga pausa que Seis me permite sin inmutarse.

–Verá, jefe... –comienzo, tratando de medir mis palabras con pie de rey–. No puedo afirmar que esos gibraltareños que nos han llevado de cabeza las últimas semanas sean una simple tapadera de otro grupo u otras gentes. No me atrevo a tanto. Podría ser que el GIF exista realmente y pretendan lo que su propio nombre anuncia: la independencia total y efectiva de Gibraltar. Podría ser. Pero mi intuición, ya que me pregunta por ella, me dice que no es así.

Seis saca del bolsillo una estilográfica Waterman, una verdadera preciosidad, en oro y laca verde jaspeada, y toma unas notas con ella, lo que me permite darme un respiro y completar mi exposición a renglón seguido.

–¿Se ha preguntado, señor, por qué alguien de la experiencia y la trayectoria de Blooming, que ha debido de vérselas con adversarios de toda catadura a lo largo de su vida, se siente tan amenazado por un grupo de advenedizos a los que nadie conoce, hasta el punto de estar dispuesto a pasar una larga temporada en las cárceles francesas antes que enfrentarse a ellos? ¿Tan poderosos y peligrosos considera a esos llanitos?

Seis se me queda mirando fijamente. A lo mejor soy un tanto petulante, pero yo diría que hay un puntito de admiración en esa mirada. Vuelve a tomar un par de notas con su pluma y asiente después levemente.

–Es una buena apreciación, Nadine –me dice a continuación, en un tono suave–. Cada vez que hablo con usted me felicito por haberla reclamado para mi departamento.

–Lo tomaré como un cumplido.

Hay un nuevo silencio. Largo. Tengo la sensación de que sí, que Seis quiere algo más de mí, pero como su petición no se concreta, inicio el gesto de levantarme. Sin embargo, Seis no da por terminada la entrevista.

–Nadine..., según se desprende de su informe preliminar, en la Operación Talgo corrió usted un peligro grave. Riesgo de muerte.

–Es posible, pero no tiene mérito alguno, se lo aseguro –digo, recordando las palabras de Sebastián Valverde–. Por un lado, en nuestro trabajo siempre existe un riesgo y eso es algo que hay que saber asumir en todo momento. Por otro, le garantizo que, de haber sabido lo que me esperaba, no habría subido a bordo de ese tren. No confunda el valor con la ignorancia del peligro.

–De cualquier forma, esa circunstancia se tendrá en cuenta en su expediente. Se ha jugado usted la vida por su país.

–Si quiere verlo así… ¿Puedo volver ya a mi trabajo?

Con el asentimiento del Número Seis, inicio el largo camino hasta la puerta de su despacho. Cuando estoy a punto de salir, su voz me detiene de nuevo, obligándome a girar sobre mis talones.

–¿Señor?

–Verá, Nadine… Hay un dato que he recibido hace unos minutos… Usted sabe que existe información muy confidencial, que nunca sale de la planta once, pero… ya que está aquí y dado que tengo plena confianza en usted…

Deshago el camino hasta la silla que ocupaba, esperando que semejante paseo merezca la pena.

–Usted dirá, señor.

–¿Sabe quién viajaba en ese tren AVE con destino Barcelona que estuvo a punto de volar por los aires junto con su Talgo?

No creo que mi jefe espere respuesta a esa pregunta, así que ni lo intento. En efecto, el propio Seis me proporciona la solución seis segundos más tarde.

–El ministro español de Asuntos Exteriores.

Estoy segura de que mi expresión de sorpresa resulta suficientemente expresiva.

Antes de haber podido abrir la boca, Seis vuelve a abrir la suya.

–Ahora estamos valorando la posibilidad de que se trate de un hecho casual.

–¿Casual? –exclamo, de inmediato–. ¡Por favor, jefe! Si no recuerdo mal, cuando yo era aquí una recién llegada, fue usted en persona quien me previno contra las casualidades.

Seis sonríe de nuevo pasteleramente.

–Cierto. Las casualidades existen, desde luego, pero escasean tanto como los políticos de buen corazón. Nunca es conveniente proponer la casualidad como primera explicación para un acontecimiento. Lo que ocurre es que, en ocasiones, uno desearía tanto que esa fuera la respuesta... Si no podemos calificar de casualidad la coincidencia entre el viaje del ministro español y ese atentado frustrado, las consecuencias son verdaderamente inquietantes. En el mejor de los casos, que los españoles tienen un *topo* en lo más profundo de sus servicios secretos.

–Y en el peor...

Naturalmente, dejo el final de la frase en el aire. Ese tipo de especulaciones es mejor no haberlas pronunciado jamás. Para que, si se hacen realidad, nadie pueda preguntarse por qué tú ya lo intuías.

Seis y yo nos miramos durante unos segundos. Él parece a punto de dar por definitivamente terminada la conversación. Pero, de pronto, ya no quiero que me diga «eso es todo, Nadine». Así que me adelanto.

–Esa información aporta un nuevo ingrediente al caso, jefe.

–Muy cierto.

–Tal vez... sería interesante para nosotros continuar la investigación. Tratar de llegar hasta el fondo del asunto.

–¿Al fondo de un asunto que no nos concierne?

–No estoy de acuerdo con eso –replico, de inmediato–. Hoy en día, usted lo sabe bien, todo nos concierne. España es un país amigo, socio y limítrofe. Y, en cualquier caso, saber más siempre es interesante. Eso también me lo enseñó usted: la información es poder.

Seis simula que está meditando mi propuesta, pero yo sé que ya ha tomado la decisión.

–Si le permitiese profundizar en este asunto... ¿por dónde empezaría? –pregunta, al fin.

–Naturalmente, por hablar con Gordon. O como demonios se llame.

Dos llamadas del Número Seis trasladan a Gordon de los calabozos de la Sûreté a la planta sótano de nuestro propio edificio. Allí es donde me reúno con él, noventa y seis horas después de nuestro primer y fugaz encuentro.

El escocés me espera en un cuarto pequeño, casi opresivo, sentado ante la típica mesa de interrogatorios, esa que todos hemos visto en cientos de películas policíacas. Parece tranquilo.

Abro la puerta y la cierro rápido tras de mí. En un primer momento manifiesta su indiferencia estudiándose detenidamente las uñas de la mano derecha. Pero, al fin, mi silencio mueve su curiosidad y alza la vista hacia mí.

Hay una primera reacción de sorpresa al descubrir a una mujer. Pero no es nada comparada con el estupor que deja traslucir su rostro cuando me reconoce. Incluso detecto un amago de alegría que dura solo el tiempo de atar cabos y comprobar que el nudo resultante no es de su agrado. Sin embargo, se recupera con rapidez.

–¡Vaya...! –exclama–. ¡Pero si es la francesita del pelo rojo! ¡No me fastidies, muchacha! ¿Será posible? Me estoy haciendo viejo, sin duda. Hace unos pocos años te habría calado al primer vistazo, incluso a bordo de aquel tren. ¿Sabes? Olía a los de la profesión como si se perfumasen todos con la misma agua de colonia. Y ahora, mírame... aquí me tienes, tan sorprendido como un niño en una función de circo. Debe de ser la señal de que estoy acabado. Te tuve delante de mis narices, te saludé y me saludaste, y no llegué a darme cuenta de que eras una de las chicas de Valois.

Valois es el apellido del Número Seis. No mucha gente lo sabe.

–Así es. Precisamente, vengo a hacerle una propuesta en su nombre, míster Blooming.

El tipo suelta una carcajada.

–Gordon, amiga mía. Mi nombre es Gordon. En serio. De todos los que utilizo, Gordon es el verdadero.

–Pensaba que...

–Tú no pensabas nada. El memo de Valois te dijo otra cosa y tú le creíste a pie juntillas. Mal hecho. Lo primero que debe aprender un agente es que sus jefes o son unos malvados o son unos imbéciles. Porque esas son las dos únicas formas de llegar a tener un despacho en la planta número once. Así que duda de todo lo que te digan y no des por buena información alguna que no puedas contrastar personalmente. Es el único modo de mantenerse con vida en este oficio durante el suficiente tiempo como para cobrar la pensión de jubilación.

Vaya tipo. Lo han traído aquí a la fuerza, se acaba de llevar una sorpresa mayúscula y, pese a todo, ahí lo tengo, escupiéndome su desprecio y dándome lecciones.

–Mire, Gordon, no tengo tiempo para juegos de espías de cuando la guerra fría. Tengo un trato que proponerle. O lo acepta, o se va a la calle. Y yo me encargaré de pregonar a los cuatro vientos que ha quedado libre. ¿Está claro?

–No puedes hacer eso…

–Claro que puedo. Le llevaré al juez pruebas irrefutables de que es inocente del atentado de la Torre Eiffel. Convenceré a su señoría de que usted es solo un débil mental que anda buscando cómo llamar la atención. Lo soltará dentro de dos horas. Y en cuanto pise la acera… ellos le estarán esperando.

–¿Ellos?

–Ya sabe a quiénes me refiero. Sus clientes.

Es un palo de ciego, pero no resulta fácil fallar el golpe. No sé quiénes son «ellos». Pero Gordon sí lo sabe y su contrariedad se hace palpable. Pese a que intenta mantener la calma, noto que, si pudiese, me estrangularía allí mismo.

–De acuerdo, *madmuasel* –acepta, sin pensárselo mucho o pensándoselo muy deprisa–. ¿Qué es lo que quieres de mí?

–Todo sobre el asunto del Talgo.

Gordon suspira profundamente.

–Lo suponía… ¿Si colaboro, tendré la protección del Deuxième Bureau?

–Y de la Sûreté.

–¿Por cuánto tiempo?

–Mientras resulte necesario. Pero solo si nos lo cuenta todo.

Gordon se remueve en la silla. Está incómodo. Me alegro.

–Que venga Valois en persona con un documento donde se especifique que tendré la condición de testigo protegido.

–Ni lo sueñe. Tendrá que fiarse de mí.

–Ni lo sueñes –replica, parodiando mi tono–. Si no tengo ese papel, es como si no tuviera nada. Para eso, prefiero esperar a que vengan a por mí. Y vosotros os quedáis con las ganas de saber qué está pasando.

La cosa se complica. Esbozo una sonrisa y me encojo de hombros.

–Le comunicaré su petición a mi jefe –digo, dejando patente mi disgusto.

–Dale también recuerdos de mi parte. Dile que estoy deseando charlar con él.

Gordon sonríe. No me había fijado en que tiene los dientes tan amarillos como el pelo.

Seis accedió a hablar con Gordon al día siguiente. Con la condición de que yo asistiese a la entrevista, que no interrogatorio, como se ocupó de dejar bien claro el escocés.

Naturalmente, en esta ocasión ocupamos una pequeña salita de reuniones en la primera planta. Bajar hasta los sótanos habría sido demasiado para un superjefe como Valois.

Gordon me sonríe antes de empezar a hablar. Es el único preámbulo.

–En realidad, la cosa es sencilla: esos tipos del GIF me enviaron un mensaje a mi apartado de correos de Londres. Como sabes, es la única forma que yo considero seria de ponerse en contacto conmigo para solicitar mis servicios profesionales. Poca gente conoce que ese es el sistema. Y menos aún, el número de mi apartado. Quien llega hasta allí, es porque se ha tomado el suficiente interés como para que merezca la pena escucharle.

–¿Quiénes son? –pregunta Seis.

–¿El GIF? Bueno, ya sabes… un grupo de nacionalistas radicales gibraltareños…

–¡No me hagas perder el tiempo! –corta Valois, secamente–. Quiero la verdad, Gordon. Si ese GIF existiese, alguien lo sabría. Los americanos, los rusos... ¡alguien! Pero nadie ha oído hablar de ellos. Ni siquiera los españoles.

A Gordon le cuesta asentir el tiempo de dos respiraciones.

–Bien, Marcel –dice, llamando a Seis por su nombre de pila–. ¿Nos dejamos de tonterías, entonces?

–Ya va siendo hora.

–De acuerdo. En efecto, desde el principio me di cuenta de que eso del GIF era una cortina de humo. Un invento. Lo supe solo con echarles la vista encima.

–¿Hablaste personalmente con ellos?

–Con dos de ellos. Dos *jovenzanos* medio tontos que ni siquiera se habían aprendido bien su papel. Más o menos, de la edad de tu agente pelirroja. Eso sí, traían el plan ya perfectamente elaborado. Un plan atrevido, ingenioso y sofisticado, pero, al mismo tiempo, simple: volar dos trenes en un túnel suburbano. Calculaban entre trescientos y cuatrocientos muertos y heridos graves. Se garantizaban la primera plana en todos los periódicos y noticiarios del mundo. Todo estaba pensado. El modo, el lugar, el día... Me proporcionaron los elementos necesarios para llevar adelante la acción, incluido, por supuesto, el explosivo. Y me indicaron cómo localizar al único colaborador que necesitaba para dar el golpe.

–¿Sebastián? –pregunto de inmediato.

–Sí. *Sebastian* –confirma Gordon, insistiendo en la acentuación llana del nombre–. Por lo visto, ese tipo era la única persona en España capaz de anular los sistemas de seguridad del tren en tan poco tiempo. Y, mira por dónde, estaba dispuesto a colaborar de buen grado.

–Muy sospechoso –dice Marcel Valois.

–Sospechosísimo. Pero su participación era indispensable. Formaba parte del plan como una pieza más, así que yo no tenía otra alternativa que aceptarlo. Resultaba tentador: un trabajo fácil, de poco riesgo y bien pagado.

–Fácil para quien no tiene escrúpulos en matar a cuatrocientas personas.

Gordon dedica a mi primera intervención una mirada condescendiente.

–Para tu información, gente sin escrúpulos no es difícil de encontrar. Y para que otro cualquiera se lleve un millón de libras, prefiero llevármelo yo.

–Una excelente declaración de principios, Gordon. Le define con toda precisión –digo, procurando dejar bien patente mi repulsa. Pero ni Gordon ni mi jefe parecen escuchar mis palabras.

–¿Dónde fue la entrevista con esos tipos del GIF? –pregunta Valois, de inmediato.

–Me citaron en Algeciras –responde Gordon–. Quizá pretendían hacerme creer que vivían en el Peñón, pero para mí resultó evidente desde el primer momento que no eran gibraltareños. Hablaban inglés con un convincente acento andaluz, pero a mí no me la daban. Esos tipos no eran *llanitos*. Eran españoles.

Mi jefe y yo cruzamos de inmediato una mirada cargada de inquietud.

–¿Españoles? ¿Estás seguro?

–¡Pues claro! Y no me vengas con que he perdido el olfato con los años. Es cierto que no reconocí a la pelirroja, pero con ella crucé apenas un par de palabras. Con esos dos tipos tuve una larga conversación. Hasta nos fuimos juntos a comer. Sé lo que me digo. Eran agentes del CESID o como quiera que ahora se llame el servicio secreto español.

–CNI –le aclaro–. Centro Nacional de Inteligencia.

–Ya, ya… pero me gustaba más el viejo nombre.

–De modo –insiste Seis– que tú piensas que eran agentes españoles.

–¡Claro! Lo supe ya entonces y lo confirmé cuando me hicieron llegar el dinero a mi cuenta de Suiza. Tengo un buen amigo en la comisión de control de la Federación de Bancos Suizos y rastreó para mí la transferencia. No hay duda. Venía de una de la cuentas que utilizan los chicos de Paco.

–¿Paco? ¿Quién es Paco? –pregunto ingenuamente.

–Nadie –me responde Gordon–. Es jerga de la profesión. «Los chicos de Paco» son los agentes españoles, igual que «los chicos de Iván» son los del KGB ruso. ¿Todavía no has llegado a esa lección?

–Pero eso no tiene sentido –digo, aceptando ya mi papel de novata preguntona–. ¿Agentes españoles preparando un atentado en su propio territorio y contra sus propios ciudadanos?

Gordon vuelve a enseñarme sus dientes amarillos.

–Contra sus propios ciudadanos… y contra su ministro de Exteriores, no lo olvides.

Seis entierra la vista en la pulimentada superficie de la mesa. Es el siguiente en hablar.

–Por desgracia, tiene bastante sentido, Nadine. Los servicios de inteligencia arrastramos merecida fama de maquiavélicos. Puesto que solemos disponer de notable autonomía respecto de los poderes de los Estados, es grande la tentación de conseguir nuestros fines sin importar gran cosa los medios utilizados para ello. Gibraltar es un puñal clavado en el orgullo de los españoles durante siglos. Muchos creyeron que con la entrada de su país en la Unión Europea sería inevitable encontrar una solución para el contencioso del Peñón; pero no ha sido así y las salidas que últimamente se barajan no son nada satisfactorias para España. Pero... imagine el vuelco que daría la situación si, de pronto, Gibraltar se convirtiese en sede de un grupo terrorista que iniciase su actividad con una auténtica masacre en territorio español en la que incluso muriese un ministro del Gobierno.

–Las autoridades de Gibraltar negarían tener relación alguna con los terroristas –digo.

–Sería su palabra contra la de España... y contra evidencias difícilmente refutables.

–Pero el Reino Unido respaldaría a Gibraltar –apunto, incapaz todavía de aceptar semejante escenario–. Sus servicios secretos sí serían capaces de demostrar la verdad.

Valois vuelve a negar suavemente.

–Una cosa es que el MI-6 fuera capaz de dar con la verdad, y otra, que quisiera hacerla pública. Para la Gran Bretaña, Gibraltar no es sino una fuente de problemas en todos los foros internacionales. Su posición es indefendible, pero, claro, se trata de los rescoldos del Imperio británico. Si se metieron en una guerra contra la Argentina por cuatro peñascos perdidos en el Atlántico Sur, no van a dejar Gibraltar por las buenas, por mucho que lo digan la Unión Europea o las Naciones Unidas. Sin embargo, si tuviesen una buena excusa, si su orgullo imperial pudiese quedar a salvo, quizá no le harían muchos ascos a renegar de un territorio que no les genera más que gastos y mala imagen internacional.

–Y, desde luego –completa Gordon–, un atentado como el planeado en Zaragoza, en un mundo que ha hecho del terrorismo internacional el nuevo anticristo, sería la excusa perfecta para dar un giro a su política sobre el Peñón.

–Una cosa son las irregularidades financieras de todo tipo –continúa Seis, como siguiendo un guión previamente ensayado con Gordon–, el hacer la vista gorda con los traficantes de drogas o la permisividad con el contrabando; otra, muy distinta, dar cobijo a un grupo independentista armado que acaba de cometer una masacre y un magnicidio. Tras un suceso tan grave, con España arremetiendo con todas sus armas diplomáticas e Inglaterra no muy interesada en plantar cara, la situación actual de Gibraltar tendría los días contados.

Tras las últimas frases, Marcel Valois se vuelve hacia Samuel Gordon. Sus miradas intercambian destellos de fascinación.

–Un buen plan –murmura el escocés.

–Desde luego. Quizá demasiado sangriento. Pero el planteamiento teórico es de primera. Digno de las mejores operaciones de los viejos tiempos.

–Sin embargo, como tantas otras cosas, falló en la ejecución práctica... lo que me mete, tengo que reconocerlo, en un considerable atolladero –admite Gordon, como colofón.

La luz de la salita parece haberse vuelto más tenue y ambarina. Como si hubiese caído levemente la tensión eléctrica. Es el marco perfecto para el silencio que ahora llega. Estoy temblando.

–Todo esto es una broma, ¿verdad? –digo, tras medio minuto en el que solo se ha escuchado un lejanísimo rumor de tráfico–. Se han puesto ustedes dos de acuerdo para reírse de mí con una historia de espías de novela de quiosco.

Con un parpadeo, Seis le cede a Gordon la respuesta.

–No, amiga Nadine. Lo siento, pero no se trata de ninguna broma. Hay algo indiscutible: que estuviste a punto de morir en ese tren, junto a otras cuatrocientas personas. Hay algo muy probable: que esa decisión la tomaran en el seno de los servicios secretos españoles. La duda se centra en saber quién tenía conocimiento del plan y quién dio la orden para llevarlo adelante.

–¿Eso es importante?

–Depende de la respuesta –dice Valois–. Cuanto más arriba se tomase esa decisión, más inquietantes serán las conclusiones. Lo más probable es que todo haya surgido de un loco visionario al que se designó erróneamente para mandar una sección del CNI. Pero también es posible que la perversidad haya llegado hasta lo más alto. Imagine que descubrimos que están implicados miembros del Gobierno de Madrid.

–¿Es eso posible?

–Posible, sí; probable, no. Pero los archivos de la historia guardan una larga lista de hechos terribles ordenados por gobernantes de todos los países, incluidos los supuestamente más civilizados.

Eso, desde luego, no tiene vuelta de hoja. De hecho, la historia es casi una interminable sucesión de hechos perversos: invasiones, guerras, conspiraciones, fusilamientos, desapariciones, campos de exterminio, asesinatos selectivos... Nos indignamos por los crímenes del tirano de turno, pero encontramos justificación para las bombas de Hiroshima y Nagasaki con las que Truman, acabando con la vida de doscientos mil japoneses, evitó muchas muertes. Por lo visto.

–Para mí –interviene Gordon, interrumpiendo mis escalofríos– es una cuestión meramente personal. Yo debería estar ahora disfrutando de un millón de libras esterlinas en una playa del trópico. Pero hiciste tan bien tu trabajo que aquí me veo, suplicando a tus jefes que me permitan esconderme en una de sus madrigueras. Ahora soy la presa. Y los que me quieren muerto no son un puñado de nacionalistas violentos e irracionales, sino los servicios secretos españoles. Pero, claro, existe diferencia entre enfrentarse a un puñado de agentes dirigidos por un perturbado y sentirse el objetivo oficial del CNI al completo.

–¿Y… Sebastián? –pregunto.

Los dos hombres vuelven a mirarse.

Juraría que hay un punto de divertida crueldad en ese vistazo mutuo, lleno de entendimiento.

–Espero que te despidieses de tu amigo antes de bajar de aquel tren –dice Gordon siniestramente.

–¿Cree que está muerto?

–Sería lo lógico –me responde ahora Marcel Valois–. Quienes diseñaron el plan pretendieron asegurarse su desaparición una vez cumplida su tarea. Lo normal es que de un modo u otro se hayan deshecho de él. Tras un fracaso como ese, lo que se busca es el silencio. Y no hay silencio más profundo que el de la muerte.

Informe final

Veinticuatro horas más tarde vuelvo a llamar a la puerta del despacho de Número Seis. En esta ocasión sí me recibe sentado tras su mesa.

–Le traigo el informe definitivo, jefe. Aunque yo no lo llamaría así.

–¿No?

–Es cierto que hemos conseguido encajar nuestros datos y evidencias en una teoría. Pero esa teoría solo funciona si la apoyamos en las hipótesis y explicaciones aportadas por Samuel Gordon, de quien, sinceramente, yo no me fiaría ni jugando a la oca.

Seis parece contemplarme con cierta divertida satisfacción, apoyado en el respaldo de su sillón de jefe.

–Entiendo. Y ante esta situación... ¿sugiere usted algo, Nadine?

–Sí, señor. Creo que deberíamos intentar contrastar al menos algunos de los datos aportados por Gordon. Tratar de localizar e interrogar a Sebastián Valverde, si es que sigue vivo, sería fundamental. Se trata de la fuente de información más directa. Al menos, deberíamos intentar averiguar qué ha sido de él. Hasta este momento, no tenemos más que conjeturas.

Ahora creo ver en los ojos de mi jefe una expresión nueva. Paternal, diría yo.

–Nadine, he hecho algunas averiguaciones por mi cuenta –me dice a continuación–. Las he hecho pensando en usted. En el interés que ha mostrado por este caso, quiero decir.

–Ah, ¿sí?

–He hablado esta mañana con mi colega español. El Número Seis del CNI, para que me entienda. Nos conocemos desde hace muchos años y tengo una razonable confianza en él. Bueno... toda la que un espía puede tener en otro. Naturalmente, nuestro tema de conversación ha sido el frustrado atentado de Zaragoza.

–No le habrá dicho que tenemos aquí a Gordon.

–¡No! Aunque no me extrañaría que lo sospechase. Lo que sí le dejé caer fue nuestra teoría de los hechos.

–¿La de que podrían haber sido los propios servicios españoles los inductores del atentado? Lo habrá negado todo, por supuesto.

–Pues... no precisamente.

–¿Qué? ¿Ha admitido que fueron ellos?

–Ha admitido haber iniciado una investigación interna tras constatar una serie de indicios muy preocupantes... que señalaban en esa dirección.

–Claro. Como que su ministro de Exteriores, cuya agenda nadie podía conocer con tanta antelación, iba a ser una de las víctimas del atentado.

–Cierto. Un dato revelador e inquietante. Mi colega ha admitido algo que todos sabemos: que en un servicio secreto hay departamentos que funcionan de forma prácticamente autónoma porque ello es más seguro y más eficaz. Ha admitido que el problema de Gibraltar, como es lógico, ha generado desde hace décadas innumerables planes, proyectos y estrategias de todo tipo, primero por el CESID y luego por su sucesor, el CNI. Desde las más simples hasta las más descabelladas. Y que, naturalmente, algunos de esos planes teóricos planteaban escenarios coincidentes con la explicación que nosotros proponemos a ese atentado frustrado. Ha admitido todo eso, pero al mismo tiempo me ha dejado claro que una acción de ese tipo estaría completamente al margen de la ética y que a su servicio le interesa más que a nadie llegar al fondo de este asunto.

–Palabras. Solo palabras.

Seis hace ahora una deliberada pausa antes de seguir.

–También le he preguntado por Sebastián Valverde.

Ahora soy yo la que calla, aunque la mía es una pausa no prevista.

–¿Y? –pregunto finalmente.

–En ese momento no sabía nada, pero dos horas más tarde me ha devuelto la llamada. Sebastián Valverde es el alias utilizado por uno de sus hombres.

–Entonces... ¡está clarísimo! La conexión entre el atentado y los servicios secretos españoles no puede ser más evidente.

–No corra, Nadine. La explicación oficial que me ha dado mi colega español es que Valverde era un agente técnico que fue reclamado por el departamento de contraestrategias para infiltrarlo en las filas de un comando terrorista... que, según sus informaciones, pretendía llevar a cabo el secuestro de un tren.

No puedo evitar un parpadeo de quince segundos.

–No entiendo nada, señor... ¿qué significa eso?

–Es la típica vuelta de tuerca. Podría ser que un departamento del CNI hubiese detectado lo que ellos creyeron que era un grupo terrorista y decidieran actuar contra él infiltrando a uno de sus hombres...

–... Pero sin saber que ese grupo en realidad había sido puesto en marcha por otro departamento de su propio servicio secreto. ¿Es eso?

–Esa es una de las muchas posibilidades. En este trabajo nuestro, nada puede darse por seguro, salvo lo evidente.

–¿Y con cuál de todas esas posibilidades se queda usted, señor?

–¿Yo? Con la que usted me proporcione tras su regreso de España, Nadine.

–¿Cómo? –exclamo, dando un respingo.

–Quiero que me traiga respuestas. Cuando esté lista para emprender viaje, pida a logística que le proporcionen dos billetes de avión a Madrid. ¿Por qué sonríe?

–Perdón, señor... ¿Ha dicho dos billetes? ¿Se refiere a un billete de ida y otro de vuelta?

–No. Me refiero a dos billetes de ida. Quiero que se lleve a Gordon con usted.

–¿Qué...? Pero... Disculpe, señor, pero... no lo entiendo. Gordon le ha pedido protección, y usted, a cambio, lo envía a España, donde los que quieren acabar con él disponen de todas las ventajas.

Seis se alza levemente de hombros.

–Él ya sabía que lo que me pedía era imposible.

–Pero…

–Además, cuando le informe de su destino, estoy convencido de que querrá acompañarla.

–¿Y cuál es ese destino?

Seis saca de nuevo su estilográfica Waterman y garabatea tres palabras en un papel.

–Si mi colega español no me ha mentido, su amigo Valverde está retenido en este lugar –dice, tendiéndome la nota.

–¿Alhama de Aragón? –leo, con dificultad, aspirando la hache intercalada.

–Es un pequeño pueblo, aproximadamente a medio camino entre Zaragoza y Madrid.

–Pero…

–Pregúntele a Gordon. Y trate de aprender de él cuanto pueda. Es posible que en los últimos años se haya convertido en un indeseable, pero hubo un tiempo en que era el mejor en nuestra profesión.

–Ya. En los tiempos de la guerra fría. ¿Me equivoco?

Valois se echa a reír.

–Mujer, cada cual cuenta las batallitas que le han tocado en suerte. Usted también lo hará.

Enamorado

Localizo a Gordon en la cafetería del edificio, leyendo la prensa y tomándose un *dry-martini*. Hay que ver lo que les gusta a los viejos espías imitar a James Bond.

–Su amigo Valois me envía a España para localizar a Sebastián Valverde –le digo, sentándome frente a él. Luego, añado, con mi más sincero tono de disgusto–: Y quiere que usted me acompañe, no sé por qué razón.

Él se apoya sobre el pecho la edición internacional de *Le Monde Diplomatique,* me mira con los ojos acuosos y me sonríe con media boca.

–La razón está bien clara, muchacha: porque te quiere.

Lo que me faltaba por oír.

–¿De qué demonios habla, Gordon? –pregunto, dejando patente mi hastío.

–Hablo de tu jefe. Enseguida me he dado cuenta de que te ponía ojitos. Eso es normal. Las chicas como tú suelen afilar los dientes de los sesentones solitarios como Valois.

–Ah. Como Valois. No como usted: como Valois.

Crece la sonrisa de Gordon al oírme.

–No te confundas. Yo soy un ser libre e independiente, no un solitario. Sin embargo, que mi amigo Marcel te envíe a buscar a Valverde significa algo más: significa que no solo le gustas; realmente te quiere.

Estoy tentada de estamparle el cenicero de cristal en la coronilla.

–No entiendo lo que dice, Gordon.

–Claro que me entiendes. Cada vez que mencionas a ese Valverde necesitas coger aire. ¿Ya lo conocías antes de encontrarte con él en aquel tren o realmente fue un flechazo de novela rosa?

–Deje de decir tonterías. Resulta usted patético, dándoselas de agudo observador.

–Sí. Yo creo que fue un flechazo –continúa Gordon, impertérrito–. Valois debe de llevar mucho tiempo lanzándote señales sin ningún resultado. Ahora, de pronto, ve cómo los ojos te brillan por culpa de nuestro común amigo *Sebastian.* Y como a partir de cierta edad todos los franceses se creen Cyrano de Bergerac, quiere que encuentres a ese español y que, al menos tú, tengas la oportunidad de ser feliz. Y encima me manda a mí para que sea tu ángel de la guarda. Más no se puede pedir. Me desdigo: no es que Valois te quiera. Te adora.

Quiero replicarle. Este tipo me pone de los nervios y quiero demostrarle en cuatro palabras que se equivoca con Valois de medio a medio. Y conmigo también. Pero no solo no encuentro esas palabras, sino que, al cabo de veinte segundos de furia silenciosa, tengo que admitir que quizá, solo quizá, lleve algo de razón.

–¿Tienes idea de dónde podemos empezar a buscar a tu amigo *Sebastian?* –pregunta él, una vez que parece satisfecho con mi silencio–. Lo digo para no ir dando palos de ciego por toda España. Es un país grande. Y te recuerdo que, para mí, se trata de territorio hostil.

Sin llegar a abrir la boca, le entrego el papel que me ha dado Valois. Solo con deslizar la mirada sobre el nombre de origen árabe de ese pueblo aragonés que yo no había oído en mi vida, la expresión de Gordon se altera radicalmente. Se yergue en el asiento y tengo la sensación de que un cortometraje de recuerdos está cruzando ante sus ojos. Por fin, tras la proyección, me mira. Asiente en silencio, al tiempo que tuerce el gesto. Es más: juraría haberle visto contener un escalofrío.

–El Balneario –dice, como quien pronuncia una sentencia de muerte.

El Balneario

–Así lo llaman –explica Gordon, tratando de establecer sus coordenadas en un mapa de amplia escala que hemos extendido sobre la mesa de uno de los despachos de la quinta planta–. Se trata de una finca grande, con varios edificios. Diez o doce hectáreas de bosque atravesadas por un río y por la antigua línea del ferrocarril de Madrid a Barcelona, por la que ahora ya solo circulan los trenes de mercancías. El nombre procede de que en su origen fueron las instalaciones de un antiguo balneario de lujo del siglo diecinueve que el Estado español compró a mediados de los años cincuenta, si no recuerdo mal.

–Y… ¿para qué se utiliza ahora?

Gordon suspira profundamente.

–Es un lugar de internamiento. Un lugar secreto.

–¿Una cárcel?

–Algo más… sofisticado. Se parece más bien a un internado para espías. Un presidio de tercer grado donde los internos gozan de libertad para circular por toda la finca y llevan, aparentemente, vida de huéspedes de hotel, pero de donde es imposible escapar. No solo eso: quienes allí viven se encuentran sometidos a vigilancia permanentemente. En todo momento y lugar. Las veinticuatro horas del día. Hagas lo que hagas, estés donde estés, hay un ojo que te mira y un oído que te escucha. En tu habitación, mientras cenas en el comedor, mientras paseas por el bosque, mientras te lavas los dientes… Y se ocupan de que no lo olvides en ningún momento. Si miras a alguien de lejos, ellos lo están viendo y toman nota del detalle. Si hablas en sueños, sabes que grabarán tus palabras.

–Como en *Big Brother,* aquel concurso de televisión.

–Como en la novela de Orwell, más bien. Los guionistas de televisión no suelen inventar nada nuevo.

–¿Quiénes van a parar allí, al Balneario?

Gordon suspira larga y sonoramente antes de responder a mi pregunta.

–Cualquier agente de un servicio de inteligencia que permanezca en activo el suficiente tiempo acaba por ser poseedor de secretos comprometedores. A partir de ese momento se convierte en un potencial peligro para su propio país y en una apetitosa presa para los países enemigos. Una traición bien pagada, un chantaje, una enfermedad mental, un deseo de venganza... hay mil circunstancias que pueden desatar ese peligro. La eliminación física del sujeto es entonces la primera opción, pero si eso no es posible o no resulta aconsejable, se opta por enviarlo a algún lugar como el Balneario. No es el resultado de un juicio, sino de una decisión tomada en un despacho de esos que están siempre en el último piso.

–¿Y por cuánto tiempo se les envía allí?

–Indefinidamente. En realidad, hasta que, por un motivo u otro, el sujeto deja de representar un peligro para el Estado.

–Parece un lugar terrible.

–Eso es lo peor Efectivamente, es un lugar terrible, sí. Pero parece el paraíso.

–¿Y cómo es que lo conoce usted tan bien?

La mirada de Gordon se enturbia con mi pregunta. Cuando vuelve a hablar, hay un deje de amargura en su voz.

–¿Sabes? Existe un mito en este oficio: el de que todos los servicios de inteligencia del mundo poseen lugares secretos similares al Balneario. Nadie lo puede asegurar ni desmentir. Pero te garantizo que, al menos este, sí existe. Pasé dos años y cuarenta días prisionero en esa finca. Y fue la peor experiencia de mi vida. Aparentemente, vivir en el Balneario es como disfrutar de unas vacaciones pagadas. Así te sientes los primeros días: como el ganador de un crucero. Hasta que empiezas a asimilar que esas vacaciones no terminarán jamás; que solo acabarán con la muerte o la locura. El suplicio de saberse continuamente vigilado, día y noche, semana tras semana, mes tras mes, acaba desequilibrando incluso a los mejores. No hay torturas ni interrogatorios, es cierto. Solo el tiempo y la sospecha, que te va vaciando por dentro. Nunca sabes quién es tu compañero de cautiverio y quién, en cambio, tiene como misión escuchar cada una de tus palabras y seguir cada uno de tus movimientos. Acabas por desconfiar incluso de ti mismo. Hasta la conversación más banal puede esconder una forma sutil de hurgar en tus debilidades, y al final optas por no hablar con nadie. Un día te levantas y eres consciente de que tu único destino posible es acabar perdiendo la razón. Te basta mirar a tu alrededor para tener esa certeza.

–Pero usted consiguió salir de allí. Ha dicho que solo estuvo dos años en el Balneario.

–Salí, pero no escapé. Supongo que fui una excepción. Cuando llevaba veinticinco meses, el MI-6 británico me canjeó por un importante agente del CESID capturado precisamente en Gibraltar. Eso me salvó. Lo cual no quiere decir que quedase completamente cuerdo.

–Eso no hace falta que lo jure, Gordon.

Sonríe. Pero es otra sonrisa. Amarga como la vida.

–Ahora tendremos que ir pensando cómo sacar de ahí a tu amigo *Sebastian*. Te juro que me apetece una barbaridad. Ya que yo no pude escapar del Balneario, espero ayudarle a él a que lo consiga. Será mi pequeña venganza. ¿Sabes…? A veces aún tengo pesadillas…

Cuarta parte: Sin compasión

ESTOY nerviosa, claro. Es la primera vez que me veo en el papel de uno de esos agentes secretos de película en tecnicolor. Esto no es un seguimiento ni una vigilancia; no es una tarea de análisis de datos o un trasvase de información. Esto es un rescate con todas las de la ley. Riesgo. Peligro. Acción de novela de aventuras. Y al acercarse el momento, la medusa que habita en mi estómago parece haber enloquecido mientras conduzco en plena noche, por pistas que apenas se diferencian del campo abierto, el pequeño todoterreno que Gordon y yo hemos alquilado esa tarde en Calatayud, la pequeña capital de la comarca a la que pertenece Alhama de Aragón.

–Tranquilízate –me recomienda él–. Les llevamos ventaja: contamos con el factor sorpresa.

–¡Qué factor sorpresa ni qué ocho cuartos, Gordon! Esto es una locura. ¿Cómo vamos a llegar usted y yo, un escocés y una francesa, y hacernos pasar por agentes españoles?

–No veo por qué no. En la plantilla de todos los servicios secretos del mundo hay un buen número de extranjeros. Y las documentaciones que nos ha proporcionado Valois son de primera. En eso, los falsificadores del Deuxième Bureau siguen siendo unos maestros. Los uniformes, en cambio... yo diría que el color no es exacto. Menos mal que vamos a llegar en plena noche.

–Está usted anclado en los tiempos de la guerra fría. Ahora, las identidades se comprueban por medios informáticos. Nos descubrirán antes de abrir la boca, ya lo verá.

Gordon lanza un gruñido que parece un arranque de carcajada.

–Me subestimas, Nadine. A pesar de mi edad, te aseguro que estoy al tanto de las últimas tecnologías. Al menos, lo suficiente como para saber que son los españoles los que han perdido el tren. Llevan una década sin invertir en la modernización de sus sistemas. Lo siento por ellos, pero en estos momentos sus medios son los de un servicio de inteligencia de segunda fila. Tus jefes de París, en cambio, están que se salen. Nada que envidiarle a la CIA. Si acaso, en cantidad, pero no en calidad. La documentación que llevamos no son simples credenciales falsificadas. Realmente, han conseguido introducirnos en la base de datos española. Casi, casi, podemos considerarnos agentes del CNI. ¡Ja, ja...!

Sigo sin fiarme de Gordon. Cuanto más se ríe, más nerviosa me pone. Cada vez que pienso que mi jefe me ha puesto en las manos de alguien que estuvo a punto de hacerme volar en pedazos, me dan alferecías.

–¿Está seguro de que sabe adónde vamos, Gordon? Hace más de una hora que abandonamos el último camino vecinal.

–Descuida. San GPS nos conducirá a nuestro destino sin vacilar. ¿Sabes? Mientras estuve hospedado en el Balneario, nunca supe dónde se encontraba realmente. Lo mismo podía ser Aragón que Andalucía o Castilla. Tras mi liberación, los servicios secretos ingleses localizaron la finca gracias a los datos que yo les facilité. Como comprenderás, en dos años de estancia forzosa logré dibujarme en la cabeza un mapa de las instalaciones lo bastante preciso como para reconocerlas después en las proyecciones hechas por los satélites. Nos llevó casi seis meses dar con el lugar, pero, finalmente, logramos establecer su situación. Claro que de eso hace casi veinte años.

Hay momentos en que los faros del vehículo no sirven para nada. O miran al cielo o iluminan apenas dos metros por delante de la rejilla del radiador, dependiendo de si trepamos hacia la cima o nos sumergimos en las profundidades de alguno de los innumerables terraplenes que vamos encontrando en nuestro camino.

–Ya falta poco –dice el escocés, consultando el GPS–. Estamos a mil quinientos metros de la pista principal que conduce al Balneario. He decidido ir por aquí para evitar pasar por los dos controles anteriores. Eso aumentará el efecto sorpresa.

–Y el efecto sospecha.

–¡Bah…! Que sospechen lo que quieran –gruñe el escocés despectivamente, mientras yo me veo obligada a atacar un talud con una inclinación de cuarenta grados, ya definitivamente fuera de cualquier rastro de sendero.

Tras salvar el obstáculo con solo un par de amagos de vuelco, trato de sonsacarle a Gordon alguna información adicional.

–Dígame: ¿qué hizo en la estación de Calatayud mientras yo iba a alquilar el coche?

Tras los diez días que Gordon aseguró necesitar para preparar nuestra operación, el siete de julio habíamos volado de París a Madrid. Desde allí, a bordo de un AVE 350, nos habíamos plantado en la estación de Calatayud en menos de una hora. No puedo negar que me había costado un notable esfuerzo de voluntad subir a aquel tren. Los acontecimientos vividos dos semanas antes a bordo del Talgo 331 me habían dejado huella.

–Nada especial –responde Gordon–. Me despisté por la zona de mercancías de la estación y puse una bomba en un tren. Mejor dicho, dos. Ya sabes que, últimamente, esa es mi especialidad.

–Le odio, Gordon. ¿No puede distinguir cuándo le hablo en serio y cuándo no?

–¡Pero si es la verdad! ¡Ja, ja, ja…!

–¡Déjeme en paz! No sé por qué me molesto en preguntarle nada.

De pronto, el coche deja de agitarse como una coctelera y pasa, simplemente, a temblar como una motocicleta de enduro. Circulamos sobre una pista de tierra y piedras no demasiado bien cuidada pero que, por comparación con el terreno que recorríamos hasta ahora, parece una autopista.

–Repase su papel, Nadine –me advierte Gordon–. Estamos a punto de llegar. La función va a comenzar.

Todo me sigue pareciendo una película. Celuloide puro. La llegada al Balneario es una escena de *spaghetti western.* La tapia, como de cementerio; los doscientos metros de camino empedrado, apenas iluminado, bordeado por tilos altísimos, que desemboca frente a la construcción principal, inclasificable, entre castillo templario y caserón de labranza.

La verja exterior se ha abierto automáticamente cuando Gordon ha mostrado su credencial por la ventanilla ante el objetivo de una cámara de vigilancia.

Al llegar al edificio, aparcamos a la derecha de la puerta principal. Apago los faros del coche. Al mirarle de soslayo, veo que también Gordon está temblando ligeramente.

–Los malos recuerdos –me aclara en un susurro.

–Esto no va a salir bien, Gordon. Nos van a pillar, nos formarán un consejo de guerra y nos fusilarán.

–Te equivocas. No se molestarán en formarnos consejo de guerra.

–O sea, que nos fusilarán, sin más.

–Eso es.

Para acceder al edificio es imprescindible pasar bajo un arco detector, así que Gordon deja su pistola Taurus PT de nueve milímetros en la guantera del coche.

Yo nunca llevo armas.

Cumplido ese primer trámite, tras cuatro soldados armados con fusil ametrallador, nos espera en el vestíbulo el teniente de guardia.

–Buenas noches, muchacho –le dice Gordon, exhibiendo de nuevo su flamante credencial falsa e indicándome con una mirada que haga lo propio.

El joven oficial, un tanto desconcertado por las tan desenvueltas maneras del británico, recoge los documentos y, tras echarles un vistazo, se los entrega a un cabo oficinista que los somete de inmediato a la luminosa mirada de un escáner. Y todo ello sin dejar de contemplarnos ni un momento como si fuésemos marcianos.

Aunque trato de mantener cara de póquer, mi estómago parece estar centrifugando. Aquí puede estar el fin de nuestra farsa.

Unos segundos más tarde, el aparato emite un pitido y el teniente de guardia se yergue un poco más.

–A sus órdenes, mi capitán –dice, devolviéndonos nuestros documentos, que, a todas luces, han pasado la prueba.

Gordon ni se lo piensa.

–Teniente: necesitamos trasladar urgentemente a Madrid a uno de los internos: Sebastián Valverde. ¿Puedes ir a buscarlo ahora mismo? Es muy urgente.

El oficial de guardia vacila claramente, aunque su respuesta es firme.

–Lo siento, capitán. Eso no es posible.

–¿Por qué?

–Porque… la salida de internos del Balneario es absolutamente excepcional y, desde luego, no está prevista nunca a partir de las diez de la noche.

–Lo sé, lo sé. De hecho, teníamos previsto llegar antes de esa hora, pero… mi ayudante se extravió –inventa, lanzándome una durísima mirada final.

–¿Han estado tres horas extraviados?

–Tres horas y media, teniente. Por eso ahora tenemos tanta prisa.

–Ya le digo que es imposible, mi capitán. Las órdenes son tajantes.

Gordon ni siquiera muestra contrariedad.

–Anda, muchacho, avisa al coronel Marcuello.

–Pero, mi capitán…, señor…, es casi la una de la madrugada. El coronel está ahora durmiendo…

–¡Estupendo! Así no tendrás problemas para localizarle. Dile que está aquí Gordon. Gordon Pachá.

–¿Cómo? ¿Gordon? Pero, señor, ese no es el nombre que figura en su identificación…

–Es una broma. Un juego entre viejos colegas. Él lo entenderá.

El oficial, dejando bien a las claras el apuro que le supone, realiza la llamada solicitada por el escocés. Un minuto después se acerca de nuevo a nosotros.

–El coronel viene ya para aquí –dice, como sorprendido de sus propias palabras–. Su residencia está al otro lado de la finca, junto al río, así que tardará unos quince minutos. Les ruega que le esperen.

–Gracias, teniente –concede Gordon–. ¡Ah, otra cosa! Mientras esperamos al memo de Marcuello, ordena que nos saquen el expediente de Valverde. Así voy adelantando trabajo. ¡Vamos!

El joven teniente parece a punto de oponerse, pero la mirada de acero de Gordon le hace cambiar de opinión.

–Está bien, señor. ¡Alcalá! –exclama, dirigiéndose al cabo oficinista–. Saca el expediente de Valverde.

–Sebastián Valverde –puntualiza el escocés, consultando su reloj de bolsillo–. ¡Deprisa, chico!

Dos minutos más tarde, Gordon tiene en su poder la carpeta archivadora que contiene el expediente de Sebastián.

–Mi ayudante y yo vamos a ir al encuentro del coronel –anuncia, empujándome suavemente hacia la salida trasera del edificio, la que da al bosque.

–¿Quiere que les acompañe uno de mis hombres, capitán? La finca es grande, y de noche es fácil desorientarse.

–No es necesario –dice Gordon, en ese tono suyo que parece enviar un mensaje en clave con cada frase–. Conozco la finca perfectamente.

Aunque ni mucho menos se trata de un parque, sino de un auténtico bosque de pinos negros, las copas de cuyos primeros ejemplares casi rozan el edificio, la existencia de un buen número de farolas desperdigadas por toda su superficie le da un cierto aire urbano y civilizado.

–Cuidado. Hay micrófonos por todas partes –me advierte Gordon en un susurro, mientras salimos al exterior–. Y sobre cada una de esas farolas, una cámara de circuito cerrado.

Gordon emprende sin un solo titubeo la marcha a través del bosque. Avanza tan deprisa, con zancadas tan amplias, que me las veo y me las deseo para mantenerme a su altura.

Al cabo de unos diez minutos de furiosa caminata sin cruzar palabra, llegamos a la linde del pinar, que termina súbitamente dando paso, con la única separación de un camino de tierra, a una arboleda de chopos grandísimos a través de cuyos troncos, unos doscientos metros más allá, se adivina el río, como una gran trinchera susurrante.

Ya más despacio, recorremos la mitad de esa distancia hasta detenernos bajo la luz plateada de una de las más de cien farolas, cuya distribución por toda la superficie de la finca parece seguir criterios estrictamente geométricos.

Gordon consulta de nuevo su reloj y, acto seguido, mientras recobra el aliento perdido, ojea rápidamente el informe.

–Amnesia –murmura, de pronto.

–¿Cómo?

–Valverde. Sufre amnesia. Quizá por eso no han considerado necesario eliminarlo. Por lo visto, carece de recuerdos anteriores al día veinte del mes pasado.

–¿Qué? Eso significa que cuando subimos a aquel tren, él ya... No, no es posible... Tiene que tratarse de un truco. Sin duda, ha conseguido engañarles.

–No lo creo. Según dice aquí, le han sometido a pruebas de polígrafo, suero de la verdad... incluso sesiones de hipnosis. Al parecer, la causa puede estar en un accidente que sufrió en Canfranc, al ser atropellado por un coche la noche del veinte de junio.

–Oh...

–Tú, claro, no sabías nada de eso.

–Pues... no.

Gordon me mira y ladea la cabeza.

–Tendrás que aprender a mentir mejor si quieres seguir viva en este oficio. Y ahora, atiende. Tu amigo está en la habitación cuatrocientos dieciséis –me dice, subrayando con el índice el dato, que aparece en la primera hoja de la carpeta–. Repítelo.

–Habitación cuatrocientos dieciséis.

–Bien. La cuatrocientos dieciséis está en el bloque B, situado unos cien metros a la derecha del edificio principal, de donde venimos ahora.

–A la derecha, visto desde este lado.

–Exacto. Desde aquí, solo tienes que avanzar en paralelo a la orilla del río hasta la tercera farola. Allí, gira a la izquierda y, luego de frente, de farola en farola, llegarás a la puerta principal. No tendrás problemas para entrar. Aquí nada está bajo llave. Sube al ala derecha de la segunda planta y encontrarás la habitación.

–Segunda planta, ala derecha –repito.

–Cuando suenen las alarmas y comience la evacuación de los edificios, tendrás que estar ya allí. Si no estás con él antes de que abandone la habitación, te resultará imposible localizarle.

–¿Las alarmas? ¿Por qué sonarán las alarmas?

–Yo haré que suenen.

–¿Cuándo?

–Dentro de unos… quince minutos –dice Gordon, consultando su reloj–. Eso si la Renfe no me falla.

–¿Cómo? ¿Qué tiene que ver la Renfe con todo esto?

Por toda respuesta, Gordon se lleva el índice a los labios mientras, con un gesto de las cejas, me señala hacia lo alto de la farola.

–Secreto –susurra.

–¿Y después? –le pregunto enseguida, en voz muy baja–. ¿Qué hago cuando haya llegado a la habitación de Sebastián?

Gordon echa mano del bolsillo lateral de su pantalón de campaña y saca una hoja de papel recio, protegida por una funda de plástico, y un lapicero. En la hoja, dos croquis y diversas instrucciones numeradas.

–Aquí tienes el plan de escape. Es sencillo. Solo me queda añadir el origen, ahora que sabemos cuál es la habitación de Sebastián.

Una vez completado el croquis, Gordon me tiende el papel, tras introducirlo en la funda y sellarla.

–Listo –dice. Y me mira de un modo nuevo–. Esto es todo. Tenemos que despedirnos aquí, *mademoiselle* Dufresne. Y supongo que no volveremos a vernos.

–Si piensa que con eso va a conseguir arrancarme un beso, va listo, Gordon.

–Vaya por Dios… –exclama el escocés, chasqueando la lengua–. Olvidaba que nunca vas a perdonarme que intentase matarte. Mira tú, qué cosa, la muerte. Al menos, espero que admitas que no se trataba de una cuestión personal, sino de una desgraciada… coincidencia profesional.

–¿De veras no va a decirme cuáles son sus planes?

–Es mejor que no lo sepas, Nadine. Pero prepárate para algo espectacular. Ya te habrás dado cuenta de que estoy loco de atar desde que me tuvieron encerrado aquí. Y, mira por dónde, vuelven a ser los españoles los que pretenden amargarme la jubilación. Pues no les voy a dar el gusto. Y ahora, emprende el camino hacia el bloque B. Intentaré darte quince minutos de tiempo, pero no puedo garantizarlo.

–Bien.

–Adiós, Nadine.

–Adiós, Gordon.

Empiezo a caminar en la dirección que Gordon acaba de indicarme. Sin embargo, a los cuatro pasos, algo me obliga a girar sobre mis talones. Sin tener claro el porqué, regreso junto a él y le estampo un beso en la mejilla.

–¿Y esto?

–Es solo para que no vuelva a intentar matarme.

Luego, me alejo. Definitivamente.

En aquel momento estaba convencida de que, tarde o temprano, volvería a encontrarme con Gordon.

Pero lo cierto es que no volvimos a vernos nunca más.

* * *

Gordon caminó hasta llegar a la orilla del río y se sentó en el suelo, apoyando la espalda en el tronco de uno de los enormes chopos que formaban la linde de la arboleda y contemplando el cristal oscuro de la superficie. El árbol hundía sus raíces en el agua del Jalón, que discurría por aquel paraje, encajonado, manso y profundo.

Permaneció el escocés allí no más de tres minutos, absorto, tratando de adivinar, a la luz de la luna y al resplandor de las farolas, los contornos de la brecha del cauce y el reflejo que le devolvían los raíles del tren, que corrían paralelos a la margen opuesta del río, sobre un talud que se alzaba cinco o seis metros por encima del ras de la orilla.

En ese tiempo consultó seis veces su reloj, mecánicamente.

Por fin, considerando que faltaba menos de un minuto para la hora prevista, se incorporó. Sacó del bolsillo su teléfono móvil y marcó un número de nueve cifras.

Escuchó entonces, acercándose por la izquierda, el sonido producido por el convoy, cuyo horario había consultado quince días antes en París hasta aprendérselo de memoria, tras haber asaltado, a través de Internet, el Gráfico Informatizado de Actividades de Cargas-Renfe, con ayuda de los expertos del Deuxième Bureau.

Desde que tomó la decisión, el escocés se había dibujado el tren en la mente medio centenar de veces: una locomotora eléctrica *japonesa* tirando del tren butanero que semanalmente partía de la planta que la empresa Repsol poseía en María de Huerva, junto a Zaragoza. Un vagón aislante tipo J-2 y doce enormes vagones cisterna de cuatro ejes y ochenta metros cúbicos de capacidad, repletos de gas licuado a presión.

El rugido metálico aumentaba por momentos. El tren butanero haría su aparición dentro de un instante.

Gordon distinguió primero el resplandor producido por el foco principal de la locomotora rasgando la oscuridad y, de inmediato, la propia silueta de la máquina, pintada de amarillo y negro y con el número 269 en grandes caracteres blancos sobre el lateral. Debido a la peligrosidad de la carga, el tren circulaba despacio, a no más de sesenta kilómetros por hora. Lo hacía además de noche, aprovechando las horas en que la temperatura ambiente era menor. El escocés contó los vagones conforme pasaban ante él. El vagón aislante, justo tras la máquina, la primera cisterna, la segunda, la tercera...

Cuando divisó la cuarta cisterna, Gordon oprimió la tecla de llamada de su móvil. Mientras se establecía la comunicación, vio pasar la quinta cisterna. Justo cuando la sombra de la sexta cisterna se recortaba contra el resplandor de la luna se completó la llamada y estalló la primera bomba.

Era un artefacto de no mucha potencia, bien calculado. Solo el explosivo suficiente y necesario para descabalgar el vagón de la vía.

El primer boje saltó de los raíles, y la cisterna, durante unos metros, avanzó traqueteante sobre las traviesas y el balasto hasta que, unos segundos más tarde, con un gemido de hierros retorcidos, se inclinó sobre su costado derecho y, dando vuelta y media sobre sí misma, cayó por el terraplén, en medio de un horrísono estruendo, hasta el fondo del río, arrastrando consigo la siguiente cuba. El enganche entre la séptima y la octava se partió limpiamente. Esta, junto con las otras cuatro que completaban el tren, continuaron avanzando empujadas por su propia inercia hasta que, al llegar al punto de la explosión, la deformación de los rieles las hizo descarrilar también. En medio de un estruendo escalofriante, las cisternas octava, novena y décima rodaron igualmente terraplén abajo hasta caer encima de las que ya descansaban sobre el lecho del río, mientras las dos últimas del convoy, aunque descarriladas, permanecían milagrosamente en pie sobre las vías.

El maquinista de la *japonesa,* que tras percibir el incidente había optado en un primer momento por efectuar una parada de emergencia, decidió arrancar de nuevo y, tirando de las cinco primeras cubas, que habían quedado indemnes, alejarse del lugar de la catástrofe mientras daba la voz de alarma a través del sistema tren-tierra.

Gordon comprobó la situación en que habían quedado las cisternas volcadas y asintió, complacido. De haber podido colocarlas a su gusto, no lo habría hecho de forma distinta.

Marcó entonces un nuevo número en el teclado de su teléfono, comprobó una vez más la hora en su reloj y echó a andar sin prisas, deshaciendo el camino que le había llevado hasta allí desde el edificio principal.

A mitad del recorrido, en medio del bosque de pinos negros, justo al pasar bajo una de las farolas vigilantes, escuchó a su espalda un ruido de ramas. Cuando giró la cabeza ya vio el círculo negro, más negro que el resto de la noche, mirándole a medio metro.

Era la boca del cañón de la pistola que el coronel Marcuello sujetaba en la mano derecha.

–No podía creerlo –dijo el militar, con la misma voz aguardentosa que Gordon recordaba–. Cuando el teniente de guardia me ha dicho que estabas aquí, he dado por sentado que sería una broma.

–Ya ves que no. Aquí me tienes.

–Samuel Gordon…

–Marcelino Marcuello…

Se miraron con el mismo resentimiento con que dos antiguos novios regañados intentan descubrir si al otro le ha ido en la vida tan mal como se merecía.

–¿Qué has venido a hacer aquí?

–Una visita de cortesía –contestó Gordon–. Quería agradeceros personalmente las muchas atenciones que tuvisteis conmigo en los dos años largos que pasé con vosotros. Ya veo que has hecho carrera. Ahora eres el jefe, nada menos.

–Si lo hubiera sido entonces, te aseguro que no habrías salido de aquí ni aun canjeado por el mismísimo presidente del Gobierno.

–Estoy seguro de ello. Por eso he querido darte una segunda oportunidad. Creo que te la mereces, sinceramente. Quizá ahora consigas acabar conmigo.

Un odio de veinte años brilló en los ojos del coronel Marcuello.

–Puedes apostar a que sí. ¿Cómo se te ocurre meterte en la boca del lobo? Por lo que veo, estás más loco de lo que yo creía.

–Lo estoy, no te quepa duda. Lo estoy gracias a ti, Marcuello.

Gordon entonces sonrió. Y, conteniendo la respiración, alzó lentamente su teléfono móvil y oprimió la tecla verde.

–¿Qué haces? –gritó el coronel–. ¿Qué es eso?

Gordon no contestó. Se limitó a sostener el aparato ante los ojos de Marcuello, que se hizo con él de un zarpazo.

–¿A quién has llamado? –rugió el militar–. ¿De quién es este número?

–De Satanás –respondió Gordon calmosamente–. Y dice que podemos ir pasando todos al infierno

EL INFIERNO

Sobre las últimas palabras de Gordon se completó la llamada que provocó la segunda detonación.

El explosivo plástico colocado por el escocés reventó la boca de carga y voló la válvula de seguridad de la sexta cisterna. Y, en efecto, aquello abrió la puerta del infierno.

En total, cinco de los vagones cisterna estallaron casi simultáneamente. Cuatrocientos metros cúbicos de butano líquido crearon, al inflamarse, una bola de fuego que lo arrasó todo en un kilómetro a la redonda. El agua del río entró en ebullición. La arboleda de chopos, simplemente, desapareció sin dejar rastro, mientras la mitad del bosque de pinos comenzaba a arder con furia. El fuego avanzó hacia los edificios con increíble rapidez. La onda expansiva rompió todos los cristales de las fachadas más próximas. Las alarmas se dispararon. El caos se adueñó del Balneario.

* * *

Aquí está.

Primero, un amanecer a destiempo, una bola de luz anaranjada que ilumina todo el cielo desde el mismísimo horizonte. Enseguida, un rugido que viene de lejos y crece y crece hasta volverse insoportable. De inmediato, un vendaval abrasador que zarandea el edificio entero y hace saltar alarmas y cristales en añicos.

El Apocalipsis según Sam Gordon.

Abro la puerta de la 416 y me precipito dentro con el corazón encabritado.

–¡Sebastián!

La sorpresa le hace tambalearse. Intento acercarme, pero él retrocede.

Sin muchas contemplaciones me abalanzo sobre él y busco sus labios con los míos. Tras eso, parece por fin reaccionar.

–Madeleine... ¿Eres tú? ¿Qué... haces aquí?

–He venido a buscarte. Hay algunas cosas que no me dio tiempo de explicarte al bajar de aquel tren.

La huida

Las instrucciones de Gordon nos llevan a salir del edificio a contracorriente a través de la escalera norte del ala derecha. Una vez fuera, buscamos el límite de la finca y corremos hacia el río justo por la linde del bosque más alejada de la explosión, la única zona adonde las llamas, aunque avanzan a galope, no han llegado todavía. Cruzamos el río por un puente de madera, aproximadamente a kilómetro y medio aguas abajo del lugar de la explosión. Pasamos bajo la vía del ferrocarril por un pequeño túnel abovedado y seguimos corriendo en busca del gran lago termal que era la joya del antiguo balneario en sus tiempos de esplendor.

–¡Ahí está! –exclamo.

–¿Y ahora? ¿Qué hacemos ahora? –me pregunta Sebastián, jadeante.

–Ahora tenemos que esperar.

Agazapados entre unos arbustos a la orilla del lago, no tenemos que aguardar mucho. Menos de media hora más tarde escuchamos el inconfundible aleteo de dos helicópteros contra incendios. Van provistos de grandes focos y de cestas de dos mil litros de capacidad que llenan de agua del lago para vaciarlas de inmediato sobre el cercano bosque en llamas. Pronto aparece un tercer aparato, al que solo una pequeña luz violeta destellante bajo el fuselaje distingue de los anteriores.

–¡Ese es el nuestro! –le digo a Sebastián–. ¡Vamos! ¡Al agua!

El agua del lago está caliente. Nadamos hacia el centro, donde el helicóptero hace descender su cesta. Nos introducimos en ella por la abertura inferior. En el interior encontramos unos asideros en los que sujetar con seguridad los pies y las manos. A nuestra señal, el aparato se eleva y vuela en dirección opuesta a la de sus compañeros, alejándonos del Balneario para siempre.

Final

–Hace seis días, al despertar por la mañana, descubrí que mi amnesia había desaparecido por completo. Volvía a ser dueño de mis propios recuerdos tan inesperadamente como antes había dejado de serlo. El miedo, claro, se hizo insoportable. Diez días atrás, en el hospital de Jaca, había experimentado la angustia de lo desconocido. Ahora, en cambio, sentía el pánico de la certeza. Ya sabía quién era, lo que había hecho y quién me lo había ordenado. Y sabía que seguía vivo solo porque ellos tenían la convicción de que era incapaz de recordarlo. Ahora, todo eso había cambiado de repente: en cuanto la gente del Balneario volviera a someterme a alguna de aquellas condenadas pruebas psicológicas, tendrían la certeza de que, ahora sí, suponía un peligro para ellos. Y esa certeza sería tanto como una sentencia de muerte. Hacía dos años que trabajaba para los servicios secretos de mi país como experto en sistemas de seguridad. Hace ahora cuatro meses me propusieron como el agente idóneo para llevar a cabo una misión de alto riesgo: se había detectado una célula terrorista que planeaba el secuestro de un tren y existía la posibilidad de introducirme en el comando, de convertirme en un *topo* y desbaratar así la operación. Para ello, me adiestraron en el modo de anular los sistemas de seguridad dinámica de las locomotoras BT fabricadas por Talgo. Me entrenaron hasta que fui capaz de hacerlo en menos de dieciocho minutos. Siempre me pregunté en qué basaban mis jefes semejante precisión. Al poco, un escocés llamado Samuel Gordon, que decía trabajar para un grupo terrorista de Gibraltar, se puso en contacto conmigo y me ofreció un cuarto de millón de libras esterlinas si era capaz de anular en tiempo récord los sistemas de seguridad de una locomotora Talgo BT. La coincidencia era tan notoria que resultaba imposible no sospechar. Cuando Gordon puso fecha a la acción y lo comuniqué a mis superiores, esperaba recibir instrucciones para desmontar la operación y detener a los terroristas. Pero las órdenes fueron seguir adelante. Según ellos, todo estaba bajo control. Poco a poco, empecé a sospechar que estaba jugando con tahúres profesionales una partida de la que ni siquiera conocía las reglas. Y justo cuando me había propuesto intentar guardarme un as en la manga, por lo que pudiese ocurrir, alguien con un coche rojo intentó atropellarme en Canfranc…

En este punto, ella cruza su índice izquierdo sobre mis labios.

–No sigas. El resto ya me lo sé –me dice, comenzando a revolverme lentamente el pelo.

Por Dios, es tan hermosa…

–Madeleine…

–Nadine. Mi nombre verdadero es Nadine, ¿recuerdas?

–Sí, sí, disculpa... a veces aún me confundo. Y eso que Nadine me gusta más que Madeleine, te lo aseguro.

–Más te vale. Contigo no pienso usar ningún alias.

Tiene una sonrisa irresistible. Una sonrisa de espía internacional.

–Aún no me has contado por qué viniste a rescatarme al Balneario.

Me da un beso en el cuello antes de hablarme al oído.

–Bueno... Enseguida me di cuenta de que no podía perderte. Me había enamorado de ti nada más echarte la vista encima.

–¿Sí? ¿En serio? Naaa, no puedo creerlo. ¿Sabes? Yo nunca he tenido demasiado gancho con las chicas, y de pronto, me subo a un tren y me siento justo al lado de la mujer de mi vida.

–Bueno, eso no fue exactamente así... Lo cierto es que el flechazo se había producido ya algún tiempo antes.

–¿Cómo antes? No lo entiendo... ¿Acaso...? No, mira, es igual, Nadine, no quiero que me expliques nada. Me quedo con que fue el amor lo que te envió a buscarme.

–Sí. El amor... y la mala conciencia, también.

Qué manía de darme explicaciones cuando yo ya le he dicho que ni las quiero ni las necesito.

–¿Por qué? –le pregunto, a regañadientes–. ¿Te sentías culpable de algo?

–En realidad... sí. Fui yo quien intentó atropellarte en Canfranc.

La confesión de Nadine me provoca un escalofrío. En un movimiento reflejo intento separarme de ella. Nadine lo nota y me pasa los brazos por detrás del cuello antes de continuar.

–En el Deuxième Bureau habíamos detectado desde hacía varias semanas los movimientos de Gordon. Teníamos la certeza de que preparaba alguna acción y que esta podía afectar a ciudadanos franceses, así que tomamos cartas en el asunto. A mí me encargaron de tu vigilancia. El día en que llegaste a Canfranc, yo llevaba tres semanas siguiéndote a todas partes.

–¿De veras? Y yo sin darme cuenta.

–Me conozco tu apartamento de Madrid casi tan bien como este. Por cierto, que tienes un pésimo gusto para la decoración.

–Todo lo contrario que tú, por lo que veo.

Nadine apoya la cabeza en el hueco de mi hombro para continuar con su relato.

–Cuando compraste el billete de tren para aquel Talgo, sospechamos que ese podía ser el objetivo. Sin embargo, ignorábamos por completo cuál era vuestro plan. Qué os proponíais realmente Gordon y tú. Ante el evidente peligro para los pasajeros y la pasividad de los servicios secretos españoles, optamos por intentar desbaratar la operación por nuestra cuenta.

–Y para ello decidiste matarme.

–¡No! –replica ella, incorporándose–. ¡Te juro que no! Mis órdenes eran solo enviarte al hospital con unas cuantas fracturas. Con eso nos asegurábamos de que Gordon tuviese que anular sus planes o, al menos, posponerlos; y ganábamos tiempo para terminar nuestras averiguaciones.

–Pero me atropellaste mal.

Nadine vuelve a reír y a besuquearme encantadoramente.

–¡Y tan mal! Quería hacerte el menor daño posible. Y fui tan torpe y lenta que tuviste tiempo de esquivarme y saltar. Y el resultado no pudo ser más desastroso.

–Si te refieres a que, por culpa de aquello, llegamos a conocernos en persona, la verdad, no me parece tan desastroso.

–No lo fue. Sobre todo si lo comparamos con la que se ha organizado en el CNI –dice Nadine–. Creo que van a rodar tantas cabezas que, si no hubieses presentado tu renuncia, seguramente habrías tenido posibilidades de ser nombrado director general.

–Muy graciosa. ¿Y Gordon? ¿Qué habrá sido de él?

Es al mencionar al escocés cuando noto que la sonrisa de Nadine se deshace como algodón de azúcar y la mirada se le vuelve gris.

–Los españoles dicen que, tras el incendio que arrasó el bosque del Balneario, encontraron un cuerpo calcinado que han identificado como el de Samuel Gordon. Lo han dado oficialmente por muerto, pero… no sé por qué, yo no acabo de tragármelo.

–Quizá no quieres creerlo. Tengo la impresión de que llegó a caerte simpático.

–No, no, no. En absoluto. Gordon se había convertido en un indeseable; tal vez en su día fuera un gran agente, pero ahora era un tipo sin escrúpulos, un asesino despiadado sin bandera y sin ideales. Por supuesto que no me caía bien. Es solo que… me habría gustado llegar a conocerlo más a fondo.

–Tal vez aún tengas la oportunidad. Tengo para mí que Gordon es de los que tienen siete vidas. No me extrañaría que cualquier día de estos suene el timbre del portero automático… y se trate de él.

Nadine arquea las cejas en un gesto ambiguo.

Por momentos, tengo la sensación de que no la conozco. Como si la amnesia volviera o como si el velo que produjo en mi mente no se hubiese rasgado del todo.

Por la ventana entra un sol de plata, parisino, que promete emociones sin cuento.

Zaragoza y El Vendrell, julio de 2003

Índice

Títulos publicados

1. Robert Swindells, *Calles frías*
2. Heinz Delam, *La maldición del brujo-leopardo*
3. José María Latorre, *Una sombra blanca*
4. Oriol Vergés, *Un pueblo contra los Hamid*
5. Anja Tuckermann, *Muscha*
7. José Luis Velasco, *Atrapado en la oscuridad*
8. Käthe Recheis, Londres, *13 de julio*
9. Alfredo Gómez Cerdá, *El beso de una fiera*
10. Concha López Narváez y Carmelo Salmerón, *El visitante de la madrugada*
13. Fernando Lalana, *El paso del estrecho*
15. Heinz Delam, *La selva prohibida*
16. Jordi Sierra i Fabra, *Retrato de un adolescente manchado*
17. Uri Orlev, *Soldados de plomo*
18. José María Latorre, *La leyenda del segundo féretro*
19. Els de Groen, *Casa sin techo*
20. Eliacer Cansino, *El misterio Velázquez*
22. Jordi Sierra i Fabra,
    Un hombre con un tenedor en una tierra de sopas
24. Vicente Muñoz Puelles, *La isla de las sombras perdidas*

26. Christian Grenier, *El ordenador asesino*
27. Heinz Delam, *Likundú*
28. Concha López Narváez y Miguel Salmerón, *Hola, ¿está María?*
29. José María Latorre, *Pueblo fantasma*
30. Alfredo Gómez Cerdá, *La última campanada*
31. José Ramón Ayllón, *Vigo es Vivaldi*
33. Jordi Sierra i Fabra, *97 formas de decir «te quiero»*
34. Carmelo Salmerón, *La Rueda de Satán*
36. Alfredo Gómez Cerdá, *La luz de las estrellas muertas*
37. Luchy Núñez, *¿Quién dijo viejo?*
38. Juana Aurora Mayoral, *Seis cerezas y media*
39. Santiago Herraiz, *Amordazados*
40. José María Latorre, *La mano de la momia*
41. Marisol Ortiz de Zárate, *Los enigmas de Leonardo*
42. José Ramón Ayllón, *Diario de Paula*
43. Concha López Narváez, *Los pasos del miedo*
44. Santiago Herraiz, *Jaque en la red*
46. Fernando Lalana, *Amnesia*
47. Jordi Sierra i Fabra, *En una esquina del corazón*
48. Évelyne Brisou-Pellen, *Veneno y chocolate*
49. Roberto Vivero, *Hello Goodbye*
50. Heinz Delam, *La noche de las hienas*
52. Jordi Sierra i Fabra, *Sin tiempo para soñar*
53. Carolin Philipps, *El precio de la verdad*
54. An Alfaya, *La sombra descalza*
55. Francisco Díaz Valladares, *La venganza de los museilines*
56. José María Latorre, *Después de muertos*

57. Marcial Izquierdo, *El último día de mi vida*
58. Francisco Díaz Valladares, *El último hacker*
59. Carlos Puerto, *Zumo de mango*
60. Jordi Sierra i Fabra, *Los olvidados*
61. César Fernández García, *No digas que estás solo*
62. Santiago Herraiz, *Llora Jerusalén*
63. Jordi Sierra i Fabra, *El funeral celeste*
64. Gianni Padoan, *Concierto de libertad*
65. José Ramón García Moreno, *Dos muertos y pico*
66. Francisco Díaz Valladares, *A orillas del mal*
67. Jordi Sierra i Fabra, *Anatomía de un «incidente aislado»*
68. Miguel Luis Sancho, *Días de lobos*
69. Jorge M. Juárez, *La misteriosa fragua de Vulcano*
70. Jordi Sierra i Fabra, *La canción de Mani Blay*
71. Concha López Narváez y María Salmerón, *El último grito*

PARALELO CERO

Este libro se terminó
de imprimir en los
talleres gráficos
de Unigraf, S. L.,
en el mes de julio de 2011

Parque
Muerte.